私奔

海飞

——

著

四川人民出版社

图书在版编目（CIP）数据

私奔 / 海飞著. —— 成都：四川人民出版社，2025.

1. —— ISBN 978—7—220—13942—0

Ⅰ. Ⅰ247.7

中国国家版本馆 CIP 数据核字第 202443XB65 号

SIBEN

私奔

海 飞 著

责任编辑	姚慧鸿
责任校对	申婷婷
封面设计	张 科
内文设计	张迪茗
责任印制	祝 健

出版发行	四川人民出版社（成都三色路 238 号）
网　　址	http://www.scpph.com
E-mail	scrmcbs@sina.com
新浪微博	@四川人民出版社
微信公众号	四川人民出版社
发行部业务电话	(028) 86361653　86361656
防盗版举报电话	(028) 86361653
照　　排	四川胜翔数码印务设计有限公司
印　　刷	成都国图广告印务有限公司
成品尺寸	143mm×210mm
印　　张	7.5
字　　数	130 千
版　　次	2025 年 1 月第 1 版
印　　次	2025 年 1 月第 1 次印刷
书　　号	ISBN 978—7—220—13942—0
定　　价	48.00 元

私 奔

目　录
CONTENTS

「蝴 蝶」

我叫茯苓。我喜欢黑夜。

　　现在，我站在二楼的走廊上，站在黑漆漆的一堆凌乱的夜里，看到楼下不远处的一盏路灯下，许多飞蛾在淡淡的灯光下游泳。白天的阳光从很远的地方拍打下来，侵入我黑夜之中的视网膜，让我渐渐看不到远处的景物，只看到一片刺眼的白光。现在，自行车密集的铃声响了起来，还有小贩的叫卖声，这些声音网一样罩下来。我闻到了那个小镇的气味，那是一种泛白的，在阳光翻晒下有些发霉的气味。一座小镇海市蜃楼一般，慢慢地清晰起来，房屋绵密，像一个个孤独的人；地势由低向高，可以看到奋力蹬着自行车的少年，蹬到小镇的高处，再让自行车滑行下来。他们的双手离开车把，伸向空中，仿佛在托举一些什么，并且发出嗷嗷的喊叫。

我喜欢小镇的清晨，热闹中显着安静。这样的安静被连绵的群山包围着，我们能闻到汹涌的植物的气息。我甚至迷恋地上随意丢弃着的棒冰纸，像蛇蜕或蝉蜕，会随风起舞；迷恋午夜以后安静下来的灯光球场，或者，我只是喜欢那个篮球架的轮廓而已。现在，让我告诉你，这座倾斜的小镇的名字，叫作枫桥。如果我把目光扯回来，我仍然能看到楼下不远处的一盏路灯下，许多飞蛾在淡淡的灯光下游泳。我叫茯苓。我喜欢黑夜。

1

茯苓看到甘草在阁楼上文一只蝴蝶。蝴蝶就文在甘草的锁骨以下，左乳以上。甘草的脸上一直盛开着一个很轻的笑容，那枚银色的小针，顺着蓝墨水画好的形状轻轻扎着皮肤。蝴蝶的形状开始变得模糊起来，茯苓不知道，蝴蝶其实会在甘草的皮肤脱去一层轻痂后，长大成蝶。阳光很斜地打进阁楼里，让甘草的裸体变得半明半暗。茯苓分明看到，甘草锁骨下的那只蝴蝶，轻轻地颤动了一下翅膀。茯苓八岁的年龄开始疼痛起来，她一直害怕阳光的光刀，它能把一切事物都切割。

　　茯苓安静地看着。甘草一直都只给她一个背影。现在这个背影在阳光下斜斜地一分为二。茯苓想起了生母，生母也是这样把半具身体躺在阳光的二分之一中，手腕上的刀口很醒目，血浆在她身下，像是要把她给浮起来似的。而刀口皮肉外翻着，如同一个孩子鲜嫩的嘴唇，泛着轻微的白色。茯苓在那时候看到了许多的飞蛾，它们在光影里游泳时无声无息。茯苓就一直望着那些飞蛾。她的身子瘦小，藏在一件宽大的父亲穿过的半旧衬衣里，光着脚板。然后，她看到了甘草，甘草出现的时候，手里捏着一只小巧的巴掌大的包。她穿着一件旗袍，好像是从另一个时代匆匆赶来的。那时候茯苓还不知道甘草是会做裁缝的，她只知道，杜仲是爸爸的战友。爸爸被一辆拖拉机轧死的时候，是杜仲来料理后事的。现在，杜仲又来了，他带着甘草一起来的。他一言不发，只是轻轻地抚摸了一下茯苓的头发。

　　很多年以后，茯苓仍然能记得那一次抚摸。杜仲料理完茯苓妈的后事，茯苓就跟着杜仲和甘草走了。他们乘坐一辆绿皮火车，抵达了枫桥。茯苓看到这座倾斜的小镇时，一下子就喜欢上了。她甚至想，为什么那些小厂的烟囱，却是不倾斜的。那个阳光稀薄的午后在茯苓的记忆里淡了下去，最后只剩下一幅画。画面中母亲的手伸出来，像一根姿势优美的树枝。手腕上有一个通往另一个世界的入口。母亲像烟一样，涌进那个细小如嘴唇的入口，不见了。接下来，是茯苓在这座小镇的一大段的人生。

茯苓看到甘草留给自己的背影。她的屁股很圆润，腰身很小，像一只花瓶的样子。茯苓想，甘草就是一只会动的陶瓷花瓶。茯苓叫她甘草，叫那个小个子男人杜仲。杜仲眼中露出失望的神情，说，你叫妈，你该叫甘草妈。茯苓笑了，盯着穿旗袍的甘草好久，又叫了一声甘草。甘草说，那就叫甘草吧，挺好的。

在茯苓八岁的记忆里，甘草的乳房是会跳跃的，它们结实而且富有弹性，像是两只比赛着的兔子。茯苓很喜欢这两只兔子。她们一起在卫生间里洗澡的时候，茯苓会突然伸出手来，在甘草的双乳上拍一下，两只乳房不时地颤动，一些水珠滚落下来。茯苓咯咯地笑了。有时候，茯苓会出其不意地一把用嘴噙住甘草红润的乳头。甘草从不拒绝，甘草会在水汽氤氲中，微笑着看着八岁的茯苓。滴血的声音，在她耳畔响了起来，并且渐次清晰。甘草想，茯苓会不会痛的?

　　把茯苓带回枫桥镇后，杜仲就消失了。他像一枚柔顺的影子，在各个角落飘忽着。他隔一段时间会回来一次，身上弥漫着药材的清香。有时候茯苓会觉得，杜仲就是一棵移动着的草药。更多的时间里，杜仲把茯苓交给甘草。甘草在家里帮人做服装，缝纫机的声音一天到晚响着，如绵密的针脚一般。茯苓就在这样的针脚中，过着波澜不惊的生活。镇上有很多女人找甘草做衣服，来得最勤的是一个叫白果的女人。她长得有些高挑，那根长长的脖子，似乎略略和常人有异。她经常托着一块布料，娉娉婷婷地行进在镇卫生院到甘草家的路上。她来的时候，总是穿着白大褂。她是一名医生。茯苓搞不懂的是，她既然经常穿的是白大褂，为什么还要来做那么多的衣裳。难道那些衣裳，是用来挂在衣柜里欣赏的?

　　甘草带着茯苓去棉布店扯布。她们的步子走得很缓慢。仿佛时光会在她们如此慢的步速中，逐渐凝固起来。那条倾斜的大街，一直伸向山上去。甘草一直牵着茯苓的手，这是她突然多出来的一个女儿，甘草其实喜欢这个女儿。这个女儿有着笔挺的人中，而且她的眼睛出奇的大而宁静。甘草和杜仲一直没有怀上孩子，杜仲认为这和他四处做药材生意有关。如果他不走南闯北，一个月之内，甘草肯定怀上。现在，他们不急，他们有了一个现成的女儿，尽管这个女儿不叫他们爸爸妈妈，而是叫他们名字。

甘草和茯苓都看到了慈姑。她的老公金波佬出去采金了，一去就是好几年，连音讯都没有。慈姑正在和一群小姑娘跳牛皮筋。这是一件奇怪的事，她竟然和十来岁的小姑娘一起跳牛皮筋。而且，她的头上扎着两只小辫，小辫在光影之中剧烈地晃动着。她本人就像一只快速运动的毽子，热气在她的头顶升腾。甘草觉得这个女人有一种向上升腾着的力量，仿佛本身就是一蓬水蒸气，或者说，是一棵努力嘶喊着向上生长的白菜。甘草有些羡慕这个女人勃发的青春，甘草觉得，相比而言，自己正在迅速老去。

甘草带着茯苓从棉布店回家的时候，一场微雨跟在她们的脚后跟来了。和微雨一起来的，是一个叫厚朴的邮递员。他很年轻，理着一个板寸头，脸上还长着青春痘。那些青春痘闪着红润的光芒，似乎在兴奋地叽叽叫嚷。厚朴骑着自行车箭一般地蹿过来，在甘草面前突然一个急刹。他两条长腿踮着地面，弯腰在书包架中掏信。因为每天骑车，他的车技很好。他笑了，递过一封信来，说甘草，你又有信了。你的信真多。

甘草接过了信。她牵着茯苓的手往屋里走。茯苓却回过头去望着厚朴，厚朴像一只燕子一样，又一头扎进了微雨中。厚朴是从丹桂房村顶父亲的职，到镇邮电所上班的。厚朴的父亲身体不太好，母亲身体也不太好。只有厚朴和他的弟弟妹妹很健康。弟弟上了高中，妹妹在省城上大学。厚朴埋怨他们读书读得太好。因为读书，他们都需要钱，他们需要车技很好的厚朴，用送信换来的钱给他们提供保障。厚朴很累，但是他累得仍然是开心的。因为他本来在家里务农，但是有一天，他突然洗去了脚上的泥巴，到镇邮电所上班了。那时候他刚想追求大队书记的女儿春花，很快地，这个念头就被他自己杀死了。

甘草知道，那信是黄连写来的。黄连不断地给甘草写信，他是甘草的高中同学。黄连在南海舰队当兵，当兵的人都喜欢写信，所以那些沾着咸涩海风的信，一封一封地飞向甘草。杜仲知道甘草有这么一个同学，老是给她写信。杜仲不以为意，杜仲想，在军舰上生活，除了看看海鸟在空中飞，当然还得写写信。如果不写信，会闷坏掉的。于是甘草就一次次地读一封封的信。甘草偶尔也回信，但是回得不多，因为甘草不知道该在信里写些什么。她的字很细密，她喜欢趴在缝纫机的一角写信。喜欢有一些阳光，细碎地打下来，打在信纸上。她的字写得很小，像蚂蚁。

甘草读信的时候，慈姑来了。慈姑的手里托着一块布，她的额头上还有细密的汗珠。她笑了，露出一口白牙。她说，我要做一件两用衫穿穿，甘草，你给我做一件两用衫。甘草就收起了手中的信，等于收起了一个海军暧昧的思念。甘草看到慈姑的肩上，停着一只粉色的蝴蝶。她伸出细长的手指，轻轻地把蝴蝶捏在手里，对着阳光细细地端详着。透过那薄薄的翅膀，甘草看到了一个粉红的世界。甘草笑了，两个手指头一松，蝴蝶就飞走了。慈姑说，甘草，你不像镇上的人，你像城里人。

那，谁像镇上的人？

我像。我放到村里也像镇上的人，放到城里也像镇上的人。

甘草淡淡地笑了。她替慈姑量身体。慈姑很健谈，她说甘草你的房子很老旧了，为什么不买一套新的？

老房子不好吗？老房子有老房子的好。甘草说。

在她们的对话声中，茯苓向楼上走去。那是一架老旧但结实的木梯，有些西洋的风味。茯苓的脚步很轻快，像是蜻蜓点过水面。她到了阁楼上，就在一块巨大的毯子上坐了下来。那是一块来自新疆的地毯，有两张桌面那么大，铺在壁炉的前面。这幢老房子是杜仲的叔叔留下的，叔叔是个画家，去了重庆，一座同样倾斜着的城市。叔叔的儿子，在那儿当着一个举足轻重的官员。叔叔临走的时候，一辆吉普车来接。他一手拎着一只皮箱，一手牵着他的老婆，向吉普车走去。他快上车的时候，回过头来对杜仲说，杜仲，这房子归你住了，你要照看好它。所以，在杜仲的记忆里，有一辆吉普车歪歪扭扭地向下行驶，离开了倾斜的小镇。叔叔和婶婶不见了，杜仲却多了一幢没有产权但是有使用权的房子。

当然，茯苓不知道这些。茯苓只是喜欢楼上的地毯和壁炉。茯苓无数次在地毯上流着口水睡着了。墙上的镜框里，满满一镜框的各色蝴蝶标本。像一幅画。画中的蝴蝶，和茯苓一样也睡着了。

这天晚上，杜仲和他的中药味一起回来。杜仲回来的时候，已经半夜，他是搭着一辆经过枫桥镇的货车回来的。他回来的时候，叫醒了甘草，让甘草给他做了一碗面。他比出去的时候黑了许多，但是一双眼睛，好像更有神了，在暗夜里忽闪着。甘草其实一直都在等着杜仲回来。杜仲给她从上海带回了真丝睡衣，他吃完面就让甘草换睡衣。甘草换上了睡衣，杜仲仔细地端详着，像是在看他的一张地契。后来杜仲走到甘草的身边，轻轻地咬住了她的耳垂。杜仲轻声地说，你不许累，你以后给我少干点儿活。养家挣钱，有我一个人足够了。

杜仲把甘草搬到了床上。他们在床上忙活着，很平缓，像是镇外一条河的流水情节，未见波澜。忙完了，杜仲仰着脸和甘草说话，杜仲让甘草一定要照顾好自己，也一定要照顾好茯苓。然后他开始说一些关于他和中药的故事，他是靠中药活着的一个人，他把中药当成父母。杜仲说了很久，后来他听到了细微的呼噜声。这时候他才发现，甘草早就睡着了，睡得很熨帖。

2

甘草给黄连寄去一只蝴蝶的标本。那是甘草挑选过的标本，她用彩纸把蝴蝶夹在其中，层层叠叠。然后，厚朴的自行车经过家门口的时候，甘草叫住了他。厚朴仍然一个急刹，两条长腿踮地，扭过头来问，什么事？他的脸很年轻，他骑车的那种速度也很年轻，总之，他会带起一阵年轻的风。光线斜斜地打在他的脸上，他笑了，又问了一声，什么事？他看到一个穿旗袍的女人，站在门口的一堆稀薄如清晨的光线里，轻轻地扬了一下手中的信。

帮我寄一下信。甘草说。

厚朴很快折回来，从甘草手中接过了信。那信封上贴足了邮票。厚朴的自行车很快消失了，他像一阵风。

杜仲又要出差了，秋冬之交，他还要离开小镇，去赚回一笔钱来。在镇上人的目光中，杜仲是个言语不多的人，脸上永远堆着一成不变的微笑。有很多时候，大家都忽略了他的存在。在小镇上，杜仲有两个堂兄弟，三个表兄弟，但是他们如同隐匿在地下的蚯蚓，从不出现。他们唯一出现的一次，是来喝杜仲的喜酒。甘草早就忘了他们的长相，甘草面对那么多的陌生人，当她的新娘。她怎么可能记得起来那么多张脸，她只记住了那晚晃动着的酒杯，以及很多男人淫邪的目光。甘草不是笨人，那些看似极规矩的男人，骨头里面透出了淫邪，连看女人的目光都是躲闪着的。甘草很不喜欢。

杜仲走的时候，是一个天气寒冷的清晨。甘草送他到门口，只要一抬头，就能看到瓦片上的白霜。甘草就想，送杜仲，很有古诗的意境。甘草就像回到了古代一般，她古代的目光飘忽着，听到了杜仲絮絮叨叨的声音。杜仲让她别累着，明年，他们就该要一个孩子了。杜仲说要她少接别人的活，要她多吃点儿好吃的，用不着节约，他有的是钱。其实甘草没有听进去什么，甘草只觉得杜仲的嘴不停地在动，而且嘴角居然泛着白沫。她很讨厌这样的白沫。甘草想，如果是在古代，三里以外，必有长江，江边泊着杜仲准备要乘坐的船只。但是甘草还是把她古代的目光收了回来。甘草想，这儿没有船，这儿有一条铁路，一头连着杭州，一头连着南昌。铁路像一根藤一样，藤上的一个又一个的瓜，就是一个又一个的小站，比如兰溪，比如金华……

杜仲一出门，冬天就悄悄地出现在枫桥镇了。甘草渴望着阳光，照进她的老旧的屋子里。庭院里有一些普通的植物，很多时候这些植物，比如凤仙花之类，很像是一户普通农户家的女儿。甘草生煤饼炉的时候，就时常想，这些煤烟，会不会熏得这些花喘不过气来？甘草很是关照着它们，甘草一定是把它们也当成了孤儿。甘草想，这些藤藤草草，一定也渴望着阳光吧。阳光是被厚朴带来的，他的自行车突然一个急刹，又在小楼门口停住了。他的额头泛着淡淡的汗珠，一群阳光叽叽喳喳叫着跟在他的身后向甘草奔了过来。甘草的心窝里就突然热了一下。

厚朴说，甘草，你的信又来了，南海舰队来的。你的信，真多。

厚朴总是会说一句，甘草，你的信真多。厚朴说完就走了，仍然像箭一样，把整个冬天给射穿。甘草拿着信，回到缝纫机前读信。信是黄连的战友写来的，地址是战友从黄连的一堆信中翻出来的。甘草读着信，轻轻地笑起来，笑着笑着，笑出一串眼泪。黄连的战友说，黄连出公差跟司机去粮库运粮的时候，头撞在了货车的后挂钩上，挂钩扎进了黄连的后脑，结果警察请来了消防武警，把一小块货车挡板切割下来，连同黄连的身体一起送进了医院。挂钩不能动，动几个毫米，黄连就会死。在取挂钩的时候，黄连还很清醒，他只知道头上突然长出了一只像角一样的东西。后来，黄连轻声说不行了不行了。黄连最后说的是，甘草，我爱你。

战友把这一切说得很详细。甘草的心就痛起来，她拼命地捂着自己的心。其实甘草都已经忘了高中时代的黄连的模样，只知道他很腼腆，个子高高的，不爱说话。但是甘草在意黄连一次次给自己写信，甘草甚至无数次地想象着黄连穿着海魂衫走在沙滩上的样子。现在，黄连不见了，像水蒸气一样蒸发。从此以后，甘草不会再有信了。

　　楼上的壁炉生起了火。火光很温和地跳跃着。壁炉的炉膛前，是一扎用红绸扎起来的信。甘草读完一封信，就将信扔进壁炉。再读完一封信，再扔进壁炉。甘草花了整整一个下午的时间读信烧信。茯苓没有去打扰她，她站在二楼的走廊上往里看，看到有一些纸灰，从炉膛里飘出来，像一只又一只黑色的漫舞着的蝴蝶。信烧完的时候，已经是黄昏了。甘草在炉前的那张新疆地毯上躺下来，两条腿屈着，两只手平伸成"一"字，她在不停地唱歌。这个时候，楼下的空地上，站着托着一块布料的白果。白果仰起头，看到了茯苓和她的一头鬈发。茯苓的头发有些卷，像水草。

　　白果说，茯苓，你妈呢？

　　你想干什么？茯苓问。

我想做一条九分裤，我想要你妈帮我做一条九分裤。白果说。

茯苓想了想说，我妈没空。

白果的脸色阴下来，她抬着头，脖子有些酸了。白果说，你妈说了没空吗？

茯苓想了想说，我妈没说没空，但是等于是她说了没空。

白果无奈地收回了目光，她看到楼下的门紧闭着。她实在搞不懂二楼走廊上的那个小丫头，怎么会说这样一些令人听不懂的话。但是她知道，甘草肯定不会在今天接她这个活了。甘草听到了白果和茯苓的对话，她突然觉得，茯苓的心智，和她的年龄不相符。

漫长的冬天，甘草不太愿意接活，她爱上了喝酒。她总是把脸喝成酡红的一片，她把脸贴近茯苓和她说话的时候，茯苓能闻到一股青草的气息。茯苓笑笑。茯苓喜欢站在阳台上，望着一条路向高处或低处延伸，她就站在这座倾斜小镇的中间部位，望着目光所及之处连绵的群山。那些山或绿或淡绿或深绿，颜色是不一样的。这些层次分明的颜色里，一定藏着很多的蝴蝶吧。茯苓这样想着的时候，冬雨就来了。南方小镇往往是这样，如果是在冬雨天，反而比平常的日子多一些暖意。冬雨其实是被厚朴带来的，他的自行车在甘草家门前的屋檐下一个急刹，连绵的冬雨就接踵而至。厚朴捋了一把脸上的雨水，笑了。他抬起头的时候，看到甘草和茯苓像两棵树一样，站在屋里看着他。

进屋里来坐坐吧。甘草的声音从屋里阴暗的光线之中慢慢延伸出来，落在了雨阵跟前。

甘草很久都没有来自南海舰队的信了，那些信封上统一地敲着免去邮资的部队三角印章。厚朴支起了自行车，他走进屋内，看到八仙桌边上坐着的一对母女。八仙桌上，竟然放着一只跳跳棋的棋盘，在无所事事的日子里，原来她们在下跳跳棋。

厚朴说，甘草，你很久没有信了。

甘草说，没有信也好的，没有信我就可以下跳跳棋了。

厚朴说，没有信和下跳跳棋也有关系吗？

甘草说，男人不懂的，没有信就等于是下跳跳棋。

厚朴说，女人真奇怪。

甘草不再接口，而是对着茯苓说，茯苓，你去买一瓶酒回来，要花雕酒，记住了，要到镇东头的阿德超市去买，那儿的酒正宗。

茯苓打起一把淡黄的小伞走了，她很小的身影，很快就被冬雨给淹没。她是一个不太有声音的人，不太有声音的人，往往更令人心痛。

甘草望着厚朴，她的目光一直落在厚朴卷曲的头发上。甘草说，冬天来了。

厚朴没有说话，因为厚朴不知道该说些什么。

甘草说，冬天是适合喝花雕的，如果放点儿姜，温一下，会很好。可以让人的身体热起来。

厚朴想了想说，我不喝酒的。

甘草说，我没让你喝酒，再说，有几个人是会喝酒的？

冬雨不停地下着。甘草起身，把门给关上了。厚朴看到甘草站在门口时的剪影，他的心里就激灵了一下。甘草的剪影，因为门的合上而转瞬之间成为一团黑夜。然后，一双手伸过来，牵着他上楼。厚朴上楼的时候，像一个孩子，他惊惶地望着四周，脑子里一片空白。他看到了楼上墙面上挂着的一只镜框，那里面全是一只只的蝴蝶。看到了壁炉，壁炉里还有残留的木炭的身躯。看到了一张新疆地毯，地毯上，突然飘落了一件衣服，又飘落了一条裤子，接着飘落了内衣。这是一个凌乱的冬天，在地毯上凌乱地堆了一些衣服。厚朴的嘴唇哆嗦着，他看到裸身的甘草走到了壁炉边，升起火来。甘草的动作很缓慢，厚朴望着她的影子，那是一枚熟透的柿子。厚朴这样想。现在，这枚柿子在火光的映照下，又走到了他的身边。她的手轻轻按在厚朴的头上，将他的脸按向了自己的胸脯。厚朴在自己的脸贴上胸脯以前，看到了那只在甘草锁骨以下乳房以上翩飞着的蝴蝶。

厚朴的手颤抖着伸出去，落在甘草的腰上，那是纤细的腰。厚朴的手温暖地一滑，落在了甘草的屁股上。屁股很圆润，厚朴很喜欢这样的厚实与弧度感。然后，他的嘴一下子噙住了甘草的乳头，哭了起来。他的哭声含混不清，像是一条狗被打折腿时的那种呜咽。然后，甘草倒在了厚厚的地毯上，她的手轻轻一拉，厚朴就扑倒在她的身上，将她和整个冬天，一下子盖住了。

甘草将自己彻底地打开，她甚至想要自己动手把自己撕碎，碎成一片片的羽毛，在连绵的山谷飘荡，或者说是游荡。这是一个淫荡、湿润、温暖的下午，厚朴后来终于发怒了，他像一头不知天高地厚的小牛，四只蹄子在冬天的深处肆意践踏。茯苓买了花雕回来了，她怀里抱着酒瓶，另一只手撑着伞。其实斜雨已经将她小得可怜的身体打湿了半边。她看到了门口傍着的那辆孤独的自行车，还看到了不远的地方，一棵树下，站着白果。白果也撑着伞，她仰着头望着二楼。

茯苓没有去敲门，久久地望着白果。她慢慢地笑了，她到了换齿的年纪，所以她张开嘴的时候，我们看到的，是锯齿状的牙齿。白果后来转身走了，其实她是叹了一口气的。尽管茯苓没有听到，但是她身边的那棵树听到了。那树也叹了口气，冬雨呼啸一声，再一次把那棵树给罩了起来。这时候，门开了，厚朴从屋里走出来。他的脚步很厚重，看上去仍然充满着生机。他跨上了自行车，不管雨仍然在下着，一头扎进了雨阵里。

茯苓想，厚朴骑自行车远去的样子，多像是一个人在骑着马远去呀。就在厚朴被冬雨吞没的时候，茯苓胸口抱着的花雕不小心掉在了地上。小酒坛子碎了，淡黄的液体，瞬间被雨水冲得更淡。茯苓俯下身去，望着碎了的陶片发呆，她总是觉得酒也是有生命的，酒像四处逃窜的兔子一样，转瞬不见了。茯苓只闻到酒的气息，它们钻进了鼻孔，让茯苓不由得打了一个很响亮的喷嚏。在她的喷嚏声中，雨声渐止，尽管天还没有放晴，但是雨停了。茯苓一抬头，看到了二楼走廊上，站着甘草。她是刚从地毯上起来的，穿好旗袍，她打开门走到走廊上，看到茯苓刚好抬起头来。

茯苓看到甘草的脸色一片酡红，像是喝了很多酒一样。茯苓笑了一下，甘草也笑了一下。

3

杜仲像影子一样，在这座小镇进进出出。他脱下厚重的棉衣，换上了春装，然后，初夏也跟着来临了。初夏来临的时候，杜仲去了吉林，那是一个相对遥远的地方。

一般来说，初夏是一个让人浑身长满力气的季节。厚朴箭一样飞快的自行车，在大街上像是一种标志一样闪过。每个人都知道，这个年轻人叫厚朴。有一天，厚朴的自行车后座上，坐了甘草。甘草打着一把遮阳的伞。他们看上去很般配，像一幅流动的画一般。

其实厚朴的自行车后边，坐过许多的女人和小孩，他们说，厚朴，带一段。厚朴就带上一段。慈姑坐过，白果也坐过的，当然，甘草也可以坐。厚朴的自行车后边，甚至坐过一个疯子，那个疯子张开双手大笑着说，坐一段坐一段，厚朴就让他坐了。他坐在后面不停地晃荡着双腿，不停地唱着戏。厚朴让那个疯子，足足开心了一个下午。

厚朴把甘草带到了镇机械厂废弃的仓库，那儿有一张厚实的用来铡钢皮的大钢桌，钢桌上涂着厚实而光滑的红漆。甘草的手落下去，落在红色的漆面上，她一下子喜欢上了这张钢桌，钢桌传达的凉意，让她的心激灵了一下。后来，厚朴就把她抱上了钢桌，有时候，他站在钢桌边，和甘草缓慢地进行。有时候，他也爬上钢桌，想要把甘草给揉碎。甘草一直都在轻声地叫着，甘草说，哼哼哼，甘草说，噢噢噢，甘草脸上泛着笑意，她的双手紧紧地抓着厚朴卷曲的头发。厚朴像一个勤劳的耕作员，一言不发地耕作着。甘草侧过脸来，她的目光望着高高的窗户，那是一扇扇厚实的钢窗，有些窗玻璃已经破碎，只剩下不规则的齿状碎玻璃，坚硬地立在窗框中。窗外是大片的杂草，和杂树，它们的种子不知是从哪儿飞来的，它们生活得很快活。一些蝴蝶，在杂草和杂树之间翩飞。

甘草喜欢上了这样的景致，她一次次地把自己无限度地打开。厚朴的冲撞，已经显得很娴熟。甘草喜欢这样的冲撞。她甚至喜欢上了，窗外飘进来的那些植物腐败的气息。她把这些气息当作清新的气息，所以在这样的气息里，她一次次地把头扎进厚朴的怀里，大笑地咬着厚朴。

厚朴喘着气说，我要娶你，我要娶你，我要娶你。

甘草也喘着气说，别傻，别傻，别傻了你。

厚朴喘着气说，这傻了吗？这怎么就傻了？

甘草也喘着气说，你是小伙子，你要娶姑娘。你说你傻不傻？

厚朴像是发怒了，不行，我就是要娶你，我就是要娶你。

甘草说，啊。啊……

在甘草的啊声中，傍晚来临了。他们终于起身，才发现各自的身子骨已经散开。他们需要把身子骨整合一下。甘草感觉到了无比的酸痛，她坐直身子后，厚朴把她抱了下来。这时候，甘草看到钢床上一个人形的汗渍，甘草就笑了。甘草指着汗渍说，这是我的灵魂。

他们是分开走的。厚朴仍然像一支箭一样，射到了小镇深处。甘草落在了废弃仓库的一堆黑夜中。她突然开始喜欢这样的暗夜，在她一步步走向小镇最热闹的地段时，在一盏路灯下，她碰到了杜仲。

杜仲是突然从外地回来的，他手里托着一块狐狸皮。那是一条白色的狐狸皮，是他送给甘草的围巾。杜仲说，你去哪儿了？

甘草说，我没去哪儿，我随便走走。

杜仲说，你随便就走了一下午，我等你一下午了。

甘草说，如果我不随便，就用不着走一下午了。

杜仲说，刚才我看到厚朴骑着自行车过去了，我问他有没有看到你。他说，没看到。

甘草说，他怎么会看到我呢，谁也看不到我。

杜仲说，甘草，你的眼睛里怎么有那么多水？

甘草说，是吗，你的眼睛里没水的话，眼珠子怎么转得动？

杜仲说，甘草，你的脸怎么那么红，像喝了酒一样？

甘草说，是吗，我最近经常吃枣子，气色很不错。

杜仲说，甘草，你的身上有很重的汗味，你怎么会出那么多汗的？

甘草说，是初夏了，随便走动一下，就会出汗。你不出汗吗？

杜仲说，可是你的汗，出得有点多了，我都闻到臭味了。

甘草说，那你就别闻这臭味了，你闻你的狐狸皮去。

杜仲说，这是我从东北给你带回的狐狸皮，你围上了，一定很漂亮。

他们很快就回到了家。茯苓坐在桌边等他们。茯苓的面前，有一桌子丰盛的菜。是杜仲向小发饭店的老板陈小发叫的菜。杜仲有的是钱，杜仲当然可以点很多的菜。

他们吃饭，然后洗澡，然后睡觉。甘草发现茯苓的手里多了一只布熊，那是杜仲送给她的。杜仲不太和茯苓说话，但是茯苓知道，杜仲对自己一直很温和。

这天半夜的时候，茯苓醒了过来。她听到了争吵的声音，于是她从床上坐直了身子，她看到杜仲在哭。在此之前，她一直抱着她的布熊睡觉。她不知道杜仲曾经爬上甘草的身体，但是他的鼻子里老是有汗味。尽管甘草洗了澡，喷了香水，但是他仍然闻到了她身上的汗味。他发现自己不行了，他无法进入想要去的地方。而甘草显然也很疲惫，她四仰八叉地瘫着，任由杜仲折腾。杜仲最后确认自己无法进行的时候，终于哭出了声音。

杜仲说，甘草，你有没有男人？

甘草说，有的。

杜仲说，是谁？

甘草说，杜仲。

杜仲说，还有谁？

甘草说，没有了。

杜仲说，我闻到了另一个男人的汗味，你说，是谁？

甘草说，你神经病。

于是，两个人争吵起来。争吵得有些激烈。茯苓呆呆地望着他们吵，她坐在蚊帐里，望着帐外朦胧的人影。杜仲的手一挥，一只水杯飞了出去，出其不意地落在了墙上的镜框上。镜框跌落了下来，玻璃碎了一地。那些镜框里的蝴蝶没有想到会突然散落在地上，这些标本，甚至来不及发出一声惨叫，就和碎玻璃混在了一起。响声过后，一下子安静了下来。甘草呆呆地望着那些蝴蝶，她赤着脚从床上下来，走到碎玻璃边，用手仔细地去捡拿那些蝴蝶。很快，她的手指被玻璃碎屑划破，脚底也冒出血来。这种颜色，令蚊帐里呆呆坐着的茯苓心一下子慌了起来。她想起了她的亲妈妈，亲妈妈也制造过这样的颜色。

　　杜仲终于下床，一把抱起了甘草。杜仲抱着甘草哭，他替她用小镊子夹出那些嵌在手上和脚上的玻璃碎屑，一边夹一边哭。然后，他找出纱布给甘草包扎。甘草什么话也没有说，甘草只是手里捧着那些蝴蝶的尸体，眼睛直直地瞪着蚊帐的顶部。

　　这个被打破的黑夜，很快安静下来。第二天茯苓再次醒来的时候，地上的镜框和玻璃屑已经没有了，像什么也没有发生过似的。杜仲在做早餐，他做的是面条。杜仲做了面条让茯苓吃，并且一直用温和的目光看着她吃。茯苓突然想起她从来没有叫过杜仲一声爸，她很想叫一声，但是叫不出来。这时候，甘草起床了，她的手上和脚上都缠着纱布。茯苓就想，昨天夜里发生的，不是梦。

4

在茯苓的记忆里，她的童年有一段时间一直被中药的气息浸泡。那种气息不是来自杜仲的身上，而是来自一只小巧的瓦罐。杜仲是做药材生意的，他当然懂得给自己开药方和炖药。他用鹿血泡酒喝，还开了一些当归、黄芪等药，在小瓦罐里不停地炖着。中药的气味，在小楼里经久地飘荡。他一天天地喝着中药，结果有一天半夜，他流了很多鼻血。

甘草说，你就别补了，会补坏身子的。

杜仲说，我不补怎么行？我不补我还算是男人吗？

杜仲仍然不像个男人。甘草的那次奇怪的汗味，让他从此变得一蹶不振。他仍然喝中药，仍然流鼻血，仍然和甘草吵架。在无数个夜里，他总是忙得不可开交，满头大汗。但是，仍然没有用，为此他不停地抽打自己耳光。他跪在地上抽自己耳光的时候，甘草就在壁炉面前喝着酒。她不去理会杜仲，只是不停地喝着酒。她感到热，于是她搬来了一架老式的乘风牌电扇，对着自己不停地吹着。茯苓在自己的床上坐起来，她望着仍然还在抽打着自己的杜仲，和不停喝酒的甘草，她就感到很难过。她会在后半夜迷迷糊糊地睡去，醒来的时候，会发现躺在地毯上的甘草，酒瓶倒翻了，酒水流了一地。会看到杜仲蜷缩着身子躺着，像一件随意被人丢弃的东西。一切看上去，都显得那么凌乱。连生活也乱了，乱得没有章法。

第二天，甘草发烧了，她是被电扇给吹坏的。杜仲把甘草搬到床上，让她安稳地躺下，然后给她买来了药。他变得有些手足无措，看上去，甘草发烧令他很紧张。

没几天，甘草的病就好了。甘草病好以后，又带着茯苓去扯了一块布。她给茯苓做了一条蓝白相间的裙子，裙子的下摆上，绣着一只蝴蝶。那时候，慈姑仍然一次次地在甘草家门口不远的空地上，和小孩子们一起跳牛皮筋。她看到杜仲端着药碗，来倒药渣，就问，你们家谁病了？

杜仲把药渣倒在大路中间，这药渣经过人的踩踏，那药才更有效。民风如此。

杜仲说，我们家都没病。

都没病还吃药？我看到你们家天天在煎药。慈姑说。

你管得真宽呀慈姑，我们喝药是喝着玩的。你要喝的话，可以到我们家来喝。杜仲说。

杜仲倒了药渣，抬起头的时候，看到了慈姑紧绷的衣裳。这是一个年轻而寂寞的女人，所以她才需要一次次地和孩子们跳牛皮筋。杜仲笑了，杜仲说，慈姑，你的胸真大。杜仲说完，就走了。

杜仲开始变得忙起来了，他很久都没有出远门。他没有出门的话，厚朴也就不好进门。

杜仲经常去的地方，是慈姑的家。慈姑一个人住在三间平屋里，那是她的男人金波佬的家私。现在金波佬在某个谁也不知道的金矿里奋勇淘金，他不来信，也不来电话，这让慈姑一次次地怀疑金波佬可能已经在外地讨了老婆，或者是已经死了。杜仲敲门的时候，慈姑正一个人在家里跳牛皮筋。她搬了两张小凳子，当作是两个人，在凳脚上绑上了牛皮筋。她好像知道杜仲会来似的，说，你来了。然后她不再理他，而是勇敢地跳着牛皮筋。她跳牛皮筋的步法，看得杜仲眼花缭乱。

杜仲说，慈姑，你的牛皮筋跳得真好。

慈姑说，当然，我都跳了七年了。

杜仲说，慈姑，你想不想出去走走？你有没有出过差？

慈姑说，我出什么差？谁会让我去出差？

杜仲说，我呀，我可以让你去出差。

慈姑边跳牛皮筋边大笑起来说，你让我出差？你为什么要让我出差？我看你是没安好心。

杜仲的脸红了一下，他搓着手说，你都知道我没安好心呀。

慈姑说，当然。上次你在路上倒药渣时，我就知道你不安好心了。你的眼睛在我胸上停留了五分多钟。

这时候杜仲的胆子一下子大了起来，他猛地从座椅上站起来，一下走到慈姑的面前，抱起了她。

杜仲把慈姑放在了床上，去解慈姑的衣服。慈姑的两只奶子，在瞬间跳了出来。这时候慈姑突然说，你行吗？

杜仲一下子就愣住了，你为什么这样说？

慈姑说，我看你天天吃中药。男人有啥病好吃中药的？我就想，你是不是不行了。再说……

杜仲说，再说什么？

慈姑说，再说，听说甘草和厚朴，差点把你家的屋都拆了。他们的声音太响，四邻八舍都听到了，只有他们自己听不到。

杜仲生气了，说，你胡说。

慈姑说，我不说。你到底行不行?

杜仲笑了，掏出了一粒小药丸，丢进了嘴里。杜仲说，这是新产品，我试试这新产品怎么样。

新产品果然就是好的。杜仲很勇敢，他看到身下的慈姑变了脸色，在那里奋力拼搏着。她一会儿双眼紧闭，一会儿两眼瞪圆，一会儿又咬牙切齿，看上去，像是要和杜仲斗争到底，或者说是要把杜仲生吞活剥。杜仲的豪气一下子被激发了出来，他叫了一声他妈的，他又叫了一声他妈的，他还叫了一声他妈的，他一直都在叫他妈的。他妈的，他妈的……

在杜仲的"他妈的"声中，慈姑差点要窒息了。慈姑说，七年了，七年了。

杜仲说，是，七年了，都生锈了。

后来，慈姑紧紧地抱住了杜仲，生怕杜仲会突然离开似的。他们的呼吸，一直到傍晚时分才慢慢平静下来。这时候杜仲穿好了裤子，并且花很长的时间梳理了一下他的头发。杜仲从口袋里掏出几张钱，丢在了床上。慈姑在床上懒洋洋地躺着，慈姑说，我不要。

那你要什么？杜仲问道。

慈姑说，我又不是鸡，你以为我是鸡呀。你要找鸡的话，到镇东头找美苹去。她是公共汽车。

我没说你是鸡。杜仲说。

慈姑说，那你给我钱干什么？

杜仲有些烦了，说，那算你不是鸡，我也不给你钱，这样行不行？

杜仲说完就要离开。这时候慈姑把他叫住了。慈姑说，等一等，你能不能给我称一斤瓜子？我喜欢吃瓜子。

杜仲望了慈姑好久，笑了，说，好的。

杜仲替慈姑买来了瓜子，瓜子就放在慈姑的床头。慈姑轻轻地闭了一下眼睛，黑夜已经来临了，她闭着眼睛的时候，想到了以前的金波佬。那时候的金波佬，就经常给她买瓜子吃。但是，她没有把这事告诉杜仲。当她再一次睁开眼的时候，杜仲已经不见了。

慈姑懒懒地翻了一个身，她久久地望着那小袋的瓜子，她的手慢慢地伸出去，轻轻地熄了床头灯，然后在黑暗之中，她开始吃瓜子。吃瓜子的时候，她不停地说着话。

她说，金波佬，你个畜生，你出去都七年了你知不知道？

她说，金波佬，你个天杀的，你有多久没给我买瓜子吃了你知不知道？

她说，金波佬，你简直不是个男人，你把我空了七年，你怎么对得起我，你说说看？

她说，金波佬，今天我给你戴了绿帽子，是我故意的。要打要骂随你的便。我也是个女人，我要男人的。

她说，金波佬，甘草也给杜仲戴了绿帽子。你说这绿帽子也真好玩，大家换着戴。

她一边说话一边嗑着瓜子。谁也见不到那些瓜子皮在黑夜之中，其实是姿态优美地上下翻飞着。所有的黑夜，是相同的。尽管这座倾斜的小镇，它的黑夜也略略倾斜着。杜仲离开慈姑的住处，吹着口哨走进一片黑暗之中。当他出现在路灯下的时候，突然停住了。他停了好久，慢慢地抬起头的时候，可以看到他一脸的泪水。

第二天的时候，杜仲出现在邮电营业所的门口。他看到几个邮递员从营业所的小院子里骑着车出来了，骑得最快的那个，当然就是厚朴。

杜仲叫，厚朴。

厚朴马上一个急刹，在杜仲的身边双脚踮地停了下来。厚朴侧着脸说，你叫我？

杜仲望着厚朴，厚朴棱角分明、英气逼人的脸，和高大的身材，让杜仲感到了压力。但是杜仲仍然说，我问你，你和甘草怎么回事？

厚朴笑了，他从自行车上下来，双手叉着腰说，你说怎么回事？

杜仲说，我听很多人都在说你们。你们不要再来往了。

杜仲又说，你以后要结婚的，她是个小嫂子，你是个小伙子，你合算吗你？

厚朴突然笑了，他伸出很长的一只手，在杜仲的肩上搭了搭说，你知道她小名吗？

杜仲说，我不知道。

厚朴说，她的小名叫铜锣，你知道为什么叫铜锣吗？就是声音很响。

厚朴又笑起来，笑着上了自行车，就在他将要离开时，杜仲突然掏出了一把小刀。

杜仲举着刀说，厚朴，你站住。

厚朴停了车子，扭过头来，看到了杜仲手中的小刀。他的脸色有了些微的变化，但是他马上就镇定了下来说，你想干什么？

杜仲说，我虽然不知道她的小名，但是我愿意为她死，你愿意吗？

杜仲说着，右手拿着小刀，在左手的掌心切开了一条长长的口子。一长串的血冒出来，一会儿，杜仲的手就红了。厚朴愣愣地望着杜仲，他叹了一口气说，杜仲，你真傻。

厚朴终于骑车走了，只有受伤的杜仲还傻愣愣地站着，像一只忧伤的蜻蜓。他看着厚朴的那辆自行车，阳光下的钢丝在不停地翻飞。杜仲就对自己也说了一声，杜仲，看来你真的够傻。

没过多少天，厚朴生病了。厚朴住在医院里，其实他只是动了一个阑尾炎手术。但是甘草还是去了，她仍然穿着旗袍，一手捏着一只小包，另一手拎着一罐黑鱼汤。那条黑鱼，是杜仲帮她买来的，那汤，是杜仲帮她炖好的。其实杜仲什么都不求，只求甘草不要伤心难过不要老板着脸，只求甘草能够对他笑一笑。但是甘草笑不出来，甘草什么话也没说，拎起罐子就走向了医院。

杜仲的声音从背后讨好地传了过来，明天还要买黑鱼吗？

甘草没有理他。甘草出现在厚朴的病房里，尽管她仍然没有说什么，但是她笑了，她把眼睛笑成了新月的形状，嘴角上扬，露出两个深的酒窝。她是美的，她其实可以算是这座倾斜小镇里的头号美人。她端起了黑鱼汤，一匙一匙地喂厚朴喝鱼汤。厚朴喝着鱼汤，眼泪掉了下来。喝完鱼汤，厚朴抓住了甘草的手。

厚朴说，姐，我要你嫁给我。

甘草没有说什么，只是痴痴地爱怜地望着厚朴。她这时候才突然发觉，厚朴其实是长得有些像老同学黄连的。黄连给她写了那么多信，现在黄连死了，她找厚朴是不是一种心理上的补偿。后来甘草没有想要再去弄懂这件事，她只是抓过了厚朴的一只手，替他剪指甲。后来，还为他掏了耳朵。

就在甘草要离开的时候，厚朴叫住了她。厚朴又说，姐，我要你嫁给我。

甘草笑了笑，她的心动了一下，但是她没有表态。

厚朴又说，姐，我弟弟和妹妹上学，没钱了。你能不能暂时借我一些？

　　甘草点了点头，她把身上的钱全部掏了出来，塞进厚朴的掌心里。然后，她快步地离开了。

5

　　杜仲说，你要那么多钱干什么？

　　甘草不说话，只是把手伸着，微笑地看着杜仲。

　　杜仲叹了一口气，还是掏出了一沓钱递给了甘草。

　　甘草说，不够。

　　杜仲又叹了一口气，又掏出一沓钱递给了甘草。

　　甘草说，够了。

　　甘草把钱送到了厚朴的邮电营业所。钱就装在一个信封里，甘草说，厚朴，我有一封信，帮我寄掉。

　　厚朴捏了一下，那么厚，他笑了，用那信封在手掌心拍了一下，藏进了自己随身的一只小包里。

　　甘草走了，她留给厚朴一个旗袍的背影。厚朴笑起来，他的病好了，他又充满了力量。他想带着甘草去一座山。他不能老带甘草去机械厂的废弃仓库，那样容易被人发觉。

　　然后。然后，又一个冬天来临了。杜仲已经很久没有出去做草药生意了，但他要养家，他就必须出去。他终于又出远门了。第二天，白果来找甘草做一件衣服，白果一直在说着一些话，白果说，女人总是要受一些委屈的。

　　甘草没有理她，只顾自己踩着缝纫机。

　　白果说，甘草，慈姑不见了。

　　甘草头也没抬地说，我知道。

　　白果说，你知道你也不管管呀？你真是大好人。

　　甘草仍然头也不抬地说，你能不能少管点儿别人的闲事？

　　白果不再说话了，她的目光异样地落在甘草的身上，她的手轻轻搭在甘草的肩上，手慢慢滑下来，掠过了甘草的手臂。

　　慈姑和杜仲出现在陌生的城市。慈姑站在一个路标下，一抬眼，她看到了车水马龙的城市景象。相对于倾斜的小镇枫桥，这儿显得太大了，大得有些杂乱无章。慈姑和杜仲找了一个小旅馆住下来，她不太愿意出门，所以杜仲白天出去谈生意，晚上再回来陪她。每天晚上，杜仲都会吃掉一粒小药丸。小药丸的作用，显然没有刚开始吃的时候那么大了。但是，至少可以让杜仲感觉到自己像个男人。有一天晚上，杜仲回小旅馆的时候，竟然看到慈姑在跳牛皮筋，她在小小的房间里，找两张小凳子固定好牛皮筋，然后很认真地跳着。杜仲愣愣地看着慈姑，他在想，慈姑的脑子，是不是出了点儿问题。

小镇的冬天又来临了。冬天来的时候，有许多人都来找甘草做冬装。甘草推掉了许多，她有些累。厚朴仍然会来找她，厚朴的精力太旺盛了，这令甘草回到了年轻时代。茯苓已经在上小学一年级了，茯苓的成绩不好也不坏，她不爱说话。她的班主任周小莉说，茯苓是个聪明的孩子，如果她把心思用在学习上，成绩一定会很好。周小莉隔一段时间会来找甘草说一些茯苓的事，她很爱打听，她说听说茯苓的亲妈妈……甘草就笑了，说，你别问这些行吗？

下第一场小雪的时候，甘草正在午睡。她在睡梦中听到有人在叫，下雪了。甘草就起了床，她走到二楼的走廊上，望着漫天的飞雪。这些雪从天上降下来，一下子盘踞了甘草整个的眼眶。冬天的风钻进了甘草的身体，她觉得有些凉，抬眼望着雪中的小镇，又觉得有些苍凉。整个下午，她都在看着雪。下午三点多的时候，她去学校接出了茯苓。接回来以后，她把茯苓安顿在壁炉前，生了火，让茯苓在壁炉边做作业。然后，她又跑到了走廊上看雪。这时候，她看到了一个白色的人影，渐渐地走来。她听不到白色的人影走在雪地上的声音，但是她还是想象了一下，她想，咔嚓咔嚓。白色的人影终于近了，她捧着一只盒子，走到了甘草家的屋前。她的身上，披满了雪花。她就是很久没有出现在镇上的慈姑。

甘草看着慈姑，慈姑慢慢跪了下去，跪在雪地里。那只红黑色的盒子上，也盖了许多的白雪。她小心地将盒子上的白雪擦去。甘草的心一下子慌乱起来，她奔下来，猛地打开了门，看到慈姑慢慢将盒子举过头顶。

这是一个无比漫长的傍晚。甘草觉得，所有的时光都在这一刻停滞了。在很久以后，她还是接过了那只木盒，并且把慈姑扶了起来。甘草带着慈姑回屋，合上了门，把漫天的飞雪，都关在了门外。

慈姑说，杜仲死了，我把杜仲的骨灰还给你。

甘草突然觉得难过。在她的眼里，杜仲是一个可有可无的人，但是现在她突然觉得杜仲很重要。想要维持家用，并且有体面的生活，靠她帮人做衣服挣点儿钱根本不行。更何况，茯苓需要养育。甘草想，自己太自私了，对于杜仲，她竟然从来没有过爱，只有索取。

甘草问，怎么回事儿？

慈姑说，他吃药，一颗不行，两颗。两颗不行，三颗。你知道，那药伤身体。那天晚上，他折腾了一夜，慢慢睡过去了。我也累了，可是到天亮的时候，我发现他翻着眼睛睡在我旁边。后来，警察就来了……

慈姑在身上摸索着，摸出一张纸。慈姑说，这是尸检报告，证明就是吃那药过量吃死的。我冒充家属，签了字，把他给火化了。只有火化，我才能把他带回家。

甘草没有再问什么，她觉得自己已经问不出什么了。那天晚上，她把慈姑送出了家门，说，我不怪你。然后，她就在走廊上整夜地看雪。其实，当黑夜来临，她只能看到路灯下的那群雪，那是一群活泼的雪，不知疲倦地扭动着下坠。甘草知道，当天色明亮，整个小镇，就必定是躺在雪以下。

甘草把骨灰盒放在了壁炉前，轻声说，杜仲，这儿暖和些。说这话的时候，她才意识到她好像从来没有给过杜仲温暖。这时候，睡着了的茯苓醒了，她呆呆地望着那只小盒子。她其实是认识那种盒子的。她的亲生妈妈，就装在那样的盒子里。甘草说，茯苓，你好好睡觉。

茯苓的两条瘦腿，从床沿上伸下来，挂在床沿上晃荡着。

茯苓说，这是谁?

甘草一下子愣了。茯苓没有问这是什么，而是问，这是谁。

茯苓接着说，这是爸爸吧。

茯苓从来都没有叫过杜仲爸爸，现在她在问，这是爸爸吧。

这时候，甘草突然觉得，天地之间，大概有着一种苍茫的轮回，或许每个人的生命，其实短得如同数日之内就会化为水的雪片。

第二天，陆续来了一些人。其中包括杜仲的两个堂兄弟和三个表兄弟。他们是隐匿在枫桥镇地底下的蚯蚓，在甘草设置的灵堂内，他们一言不发，坐在一个角落里发出"哧溜"和"咻"声喝茶。杜仲的亲友，是不多的，所以灵堂内一直都很冷清。下午三点的时候，五个男人从甘草家里蹿出去，冒着雪出发了。他们没有打伞，而是高一脚低一脚地走在雪地里。一个多小时以后，他们回来，他们手里提着慈姑，像提着一只小巧的粽子一样。他们把慈姑扔在了灵堂里。他们说，磕头，你先磕一千个头。

甘草没有去阻止。她甚至已经不认识这些所谓的杜仲的堂兄弟和表兄弟了，这些兄弟只在她嫁给杜仲的时候出现过一次。甘草知道，阻止是没有用的。她和茯苓看着慈姑磕头，慈姑的额头很快就磕破了，伤口上沾上了很多的泥。慈姑磕完头的时候，已经是深夜。堂兄弟表兄弟从小发饭店叫来了几碗狗肉面，他们大口地吃着面，喝着酒。慈姑也饿了，慈姑说，甘草，我饿了。

甘草要去给慈姑叫一碗狗肉面的时候，被堂兄弟表兄弟们喝住了，不行，这个女人饿不死的。既然她把我们大哥折腾死了，那我们就折腾死她。快天亮的时候，堂兄弟表兄弟们怕把慈姑给饿昏了，同意甘草给慈姑一碗面条。慈姑在灵堂前狼吞虎咽起来，一边吃面条一边流眼泪。面条刚吃完，慈姑的头就被五个男人按住，他们用剪刀剪去了慈姑的头发，给她剃了一个光头。甘草一直都在望着绝望的慈姑，慈姑长号了一声，像是要和谁拼命一样挣扎起来，但是很快她就不动了。她知道再挣扎也没有用。地上纷扬着，落下了黑色的头发，像黑色的雪。五个男人拍了拍手掌，他们笑了，把剪刀扔在八仙桌上。他们看着一个叫慈姑的人，目光呆滞，光着一颗头跪在地上。此时的甘草慢慢地伸出手去，从八仙桌上拿过剪子。

甘草说，茯苓，你过来。妈要为你剪个光头。

茯苓说，妈，为什么要剪光头？

甘草说，光头干净，可以省了洗发水。

茯苓说，我不剪，同学们要笑话死我的。

甘草说，你不剪，那妈妈剪。

甘草举起手，她的目光直直地，望着地面。头发一丛一丛地掉了下来，和慈姑的头发掉在了一起。慈姑突然一把抱住了甘草的腿，哭起来说甘草，你怎么这样？你怎么可以是这样的？甘草笑了，甘草说，妹妹，让我陪你受一次委屈，你会好受些。

那时候的五个男人，全部愣在了那儿。他们觉得无话可说，所以他们就站起了身。他们长短不一的身影，很快隐没在落雪的暗夜里。茯苓望着五个在黑夜之中突然消失的人，想，黑夜真好。

那一个晚上，慈姑没有回家。慈姑睡在了甘草的家里。慈姑问，甘草，你恨我吧？

甘草笑了，说，我不恨你。

慈姑说，我真是个罪人。

甘草说，你不是，我们都不是。

天边很快就露出了鱼肚白。对于一个客死异乡的人来说，甘草会以简单的方式处理后事。第二天，她就和杜仲的那些亲戚一起，把他的骨灰安放在钟瑛山的一小片公墓里。那儿很安静，除了鸟声，和风吹树叶的声音，就再也没有其他的声音了。

看上去，一切都已经平静下来。从此以后，甘草将要继续她漫长的人生，包括独立抚育和培养茯苓。她的缝纫机声又响了起来。一场令甘草措手不及的变故，就在时光里快速过去了。冬天过去了，雪化了，屋檐一直都在滴着水。这些水滴出了美妙的声音，让甘草感到无比的安静。很多时候，她觉得心里会空落落的，她开始想念那个越来越忙的厚朴。厚朴无数次说，要娶她。她想，如果厚朴再坚持一次的话，她就嫁了。嫁给厚朴，一起抚育茯苓。

厚朴终于来了一次。

他骑着自行车来的，把车子歇在甘草家门口那一堆破败的黄昏里。看上去，他仍然年轻，但是不像以前那样把自行车骑得飞快。也许，他是成熟了，连说话也变得不温不火。他说，甘草，我要结婚了。

厚朴说，新娘是茯苓的班主任周小莉，也是县邮政局周副局长的女儿。尽管她的脸上长满了雀斑，但是，她爸能把我调到县城上班。再说，咱爸咱妈咱弟咱妹，还指望着我能帮一把他们呢。

甘草什么话也没有说，是因为甘草不知道说什么好。甘草只顾拼命地踩缝纫机，让那些密集的机器声音盖过厚朴的喋喋不休。她不知道厚朴是什么时候离开的，总之是，厚朴突然不见了，和他的自行车一起消失。厚朴消失的时候，甘草看到了留在缝纫机上的一包喜糖。甘草打开了喜糖的包装，挑了一粒糖，剥去糖纸，丢进了嘴里。那是粒硬糖，甘草把这粒硬糖咬得嘎嘣响。甘草一边咬着糖，一边觉得自己的心，像是被掏空了水草的河床。那是一颗苍白的简单的没有内容的心了。

茯苓在这个时候走了过来。她小心翼翼地伸出手，剥出一颗糖丢进嘴里。她咬了几口说，妈，这是谁的喜糖？

甘草想了想说，你们周老师的。

6

　　春天已经来临了。小镇的春天，有着呼啸的声音。比如小河涨潮；比如，所有的植物都在转绿；比如，地气的升腾……在这些喧闹的声音里，甘草又变得安静了。她的生活很安静，只有茯苓越来越融到她的生命里去，成为她生命的一部分。在壁炉前，茯苓看到甘草再一次在自己的小腹上刺了一只蝴蝶。只是，这只蝴蝶少了一只翅膀。

　　不久，甘草带着茯苓去了机械厂废弃的仓库。这儿有人在装修，看上去这儿已经很美。屋子里很干净，绿色的藤状植物在屋子里生长着。一个女人，抱着自己的手臂，正在指挥着工人们把油画挂到墙上去。看上去，她的气质很好，也很有气势。她要把这儿改造成一个叫作"下江南"的主题餐厅。甘草想，这是一个有本事的女人，她竟然能把这地方变成天堂。

女人看到了甘草。她笑了，她看到甘草玲珑的身子，藏在一袭绿色的旗袍里。女人说，你这旗袍，是哪儿做的？

女人说着，用手轻轻抚摸着那旗袍的盘扣。女人说，这手工盘扣很精致，在哪儿做的？

甘草笑了，说是我自己做的。

女人瞪大眼睛说，你是甘草吧。你是枫桥镇上的甘草吧。

甘草说，我是甘草，我是枫桥镇上的甘草。

女人说，听说你的旗袍做得很好，我想成立一家服装公司，你有没有可能加盟的？

甘草笑笑说，你是要把这儿改成餐馆呀。这儿，真不错的。

这时候甘草看到了几名工人，竟然踩在那张铡钢皮的钢桌上。很快，钢桌的红漆上，被踩出几个鞋印来。他们在挂一盏吊灯。甘草看着那几个鞋印，一下子就心痛起来。这时候，钢窗外的蝴蝶在飞舞，一些细碎的阳光，被蝴蝶的翅膀划破。甘草的耳畔，突然响起了一声枪响。那是一个遥远的声音，父亲的右手低垂着，枪管还冒着一缕很淡的青烟。母亲倒在了血泊中，母亲爱上了一位民兵连长，父亲却是人武部长。父亲怎么也想不通，自己的妻子竟然会爱上一个村里的民兵连长。母亲不管不顾，她倒在血泊里的时候，一些飞蛾在空中漫舞。甘草看到了那满地的血，那以后的一段时间内，她看到的东西，全是血红的一片。

那是一些疼痛的记忆。如同几名工人踩在那张铡钢皮的钢桌上，她也会疼痛一般。她牵着茯苓的手，将要转身离开的时候，那个女人再次叫住了她。她递给甘草一张名片，说你来找我，我们需要你。甘草接过了名片，但是她知道，她不可能再去找这个女人。

白果经常来找甘草。白果总是不停地和甘草说话。茯苓不太喜欢白果，在白果的话里，男人和女人是不能在同一个世界存在的。她经常送一些面料来，请甘草帮她做成衣服。那些面料上，到处都飞翔着蝴蝶的图案。阳光充裕得快要溢出来了，茯苓看到甘草在奋勇地踩着缝纫机。一只小巧的蚂蚁，在太阳的一粒光斑里前行。甘草举起了一只手指，想要摁死它。最后，她还是忍住了，她只是努起嘴，吹了一口气，蚂蚁便飞起来，不知道落向了何方。甘草想，人和蚂蚁，也差不多。

厚朴的自行车，经过了甘草的家门前。厚朴骑车的速度，已经缓慢了不少。据说他有可能要被调到县城里面去，可能还会去当邮政局的邮件分拣处主任。这些都是传闻，和甘草无关。甘草没有了黄连的信，厚朴再也没有任何的理由，在她家的门前停一停了。厚朴的脸容，在甘草的脑海里模糊起来，最后糊成了一团，像春天田野里的一坨泥巴。

茯苓看到不远的地方，慈姑又在跳牛皮筋了。她的头发早就长了出来。没有小孩给她牵牛皮筋，她就把牛皮筋牵在了两棵树的身上。她对树说，树，你们给我站好了。我要开始跳牛皮筋了。她一边跳一边唱：马兰开花二十一，二八二五六，二八二五七，二八二九三十一……这时候，一个男人出现在茯苓的视野里，他胡子拉碴的，看上去像是一个已经被用旧掉了的人。他的一条腿没有了，裤管就在风里哗啦啦地响着，很像是蝴蝶的翅膀。他的手里，拎着一小袋子的瓜子。他看到跳牛皮筋的慈姑时，笑了起来，举了举瓜子，用暗哑的声音说，慈姑，瓜子来了，瓜子来了。

他当然不叫瓜子。他叫金波佬。他是慈姑的老公。慈姑没有理他，她跳得越来越快，汗水在四处飞溅着。她的眼泪，也同时掉了下来。她一边跳一边默数着，一直数到 2814。这时候她停了下来。没有人知道 2814 是什么意思。那是金波佬离开枫桥镇的天数。

慈姑看到茯苓向她走来。茯苓走到了她的身边，笑了。她把手掌平举着，伸到了慈姑的面前。然后，她缓缓地打开手掌，掌心里，是一只被捏死的蝴蝶。

如果这只是一场电影，那么，在茯苓澄明的笑容里，所有的阳光都褪去，所有的蝴蝶，都隐匿在银幕以外。让光线渐暗。转至黑场。

黑暗之中，有一个声音再次响起：我叫茯苓，我喜欢黑夜。

「战 栗」

1

　　黑夜来临的时候，她就抱着自己的膀子站在窗前，看黑夜是怎么样从遥远的地方，像潮水一样一点点漫过来的。她穿着真丝睡袍。她喜欢真丝，是因为真丝让她性感和风情万种，真丝令她的生活更显华贵。她的手指头伸出去了，手指头落在窗外，像是要把窗外越来越浓的夜色，当作钢琴一样弹奏。她的手指头颀长白皙又不失肉感，在暮色里虚张声势地挥舞着。暮色有些凉。暮色在黑夜真正来临以前，像一个穿着灰衣服的老头。

　　楼下空地上停了一辆车。车像一只硕大的甲虫，很安静地蛰伏着。车是从另一个地方过来的，睁着两只雪亮的眼睛驱赶暮色。车灯熄了，车门打开，一个高大的男人从车里下来。那是她的邻居，一个警察。警察也住在六楼，住在她的对门。有许多次，她和警察在楼梯里碰到，相互笑一笑。她发现警察四十来岁的人了，笑起来却像孩子。她隐约知道警察姓周，所以她在心里把他叫作警察周。

对门传来了钥匙转动锁把的声音。那一定是警察周在开门。她记得警察周的老婆好像腰不太好，两只手老是叉着腰走路，而且总给人病恹恹的感觉。警察周的女儿好像是上了高中，最起码也得上初三了。女儿常和警察周一起出现，那是因为警察周要送她上学。其他关于警察周一家的情况，她知之甚少，而且警察周老婆的脸，在她的记忆里一直是模糊而飘忽不定的。那是因为她从来没有用心地去看过这个住在她对门的，年龄和她不相上下的女人。

她的手指头仍然落在窗外，仍然虚张声势地挥舞着。手指头起先搅动的是暮色，然后黑夜像突然伸过来的一只手，握了她的手一下。她在心里叹了一口气，她想现在黑夜真的来临了。而这时候，她的手指头忽然感受到了零星的湿润，这些湿润向着她的身体蔓延。一会儿，她的手臂也湿了。是一场悄无声息的夜雨，把她伸出窗外的手给打湿了。她的心里欢叫了一下，伸出另一只手，两只手就在空中跳舞。她想握住雨，却被雨给握住了。这让她突然想起初恋时，和老公一起去一座不知名的小山时的情景。那时候他们被一场春雨包围。春雨是从四面八方包抄过来的，春雨咯咯笑着一把把他们抱在怀里说，看你们往哪儿跑。那时候她整个人都湿润了，她整个人都蜷在了老公的怀里。那时候还不能叫老公，那时候叫男朋友。男朋友在雨中把她放到了山坡的草地上。草地是湿润的，空气是湿润的，她也是湿润的。她闭着眼睛，把自己的身体彻底地打开。她是一扇打开的门，通往天堂。老公就在这扇门里进进出出，从起先的羞涩，好奇，左顾右盼。到几年以后的木然，毫无激情。她想，这是过程。

而她也是木然的。她曾经在初恋的那场春雨里战栗。她蜷在不知所措的男友身下，看到男友那张因为激动而涨红了的脸。身下是湿润的草，草举着草尖扎着她的屁股、腰背、大腿，让她有一种类似虫子爬过的酥痒感。男友咬着嘴唇，张皇着寻找一条通往山谷的路。而她最后抱住了男友的头，她的身子骨在男友不得要领的占领过程中，战栗了起来。全身的肌肉都绷紧了，而且，她还发出了一声惊呼。但是几年以后，她也木然了。不知不觉，想要不木然，都难。她想，战栗是一种美好的感觉，这种感觉早已离她而去。老公被政府派往日本深造，老公深造回来后，职位一定会往上升一级。老公职位的变化，其实和她是无关的。

很长时间里她都把手伸在窗外，伸在一堆夜色和一堆雨里。一个叫亚当的男人，正在一步步走近她。亚当只是一个二十四岁的男孩子而已，长得高大但却不成熟。她已经三十六岁了，她比亚当大了整整十二岁，但是亚当却死死缠住了她。亚当给她发第一个短信时，她笑了笑，没有回，把短信给删了。亚当就一直给她发短信。她知道亚当和一个二十二岁的女孩子正在热恋着，亚当的热恋大约相当于当年她和老公的热恋吧。后来她回了一个短信，她在短信里说，你有女朋友的，为什么来缠一个老太婆？

亚当在短信里说，我可以马上就没有女朋友。

她在短信里说，你就对你女朋友负这样的责任？

亚当在短信里说，这不是责任问题，是爱不爱的问题。

她在短信里说，没有责任，何以谈爱？

亚当在短信里说，但是我想和你做爱。

　　她不再回复了，她的身体却有了轻度的战栗。亚当是年轻的，体形健美，而她很久都没有和男人有过亲近了。她想自己一定像一把久未打开的锁一样，被锈住了。她的沉默，令亚当感到兴奋。亚当的短信一个接一个地飞来，亚当的短信里往往只有三个字：我想你。

　　现在，亚当一定在来她这儿的路上。这是他们的约定，亚当说，要为她过三十六岁的生日。她伸在窗外的手已经全湿了，皮肉上爬满了水珠。她终于把手从窗外的黑暗和雨阵里艰难地挣脱出来，用一块白色柔软的毛巾把手给擦干了。餐桌上放着已经做好了的几盘简单的菜。她想，她是孤独的，既然是孤独的，为什么不和一个男人一起共度一个夜晚？她把餐桌上的蜡烛点燃了，蜡烛插在一个法国产的银质烛台上，那是老公从法国带回来送给她的。现在，这个烛台举着蜡烛，蜡烛举着火苗，迎接的是一个叫亚当的男人。

　　她很安静地坐在餐桌旁，托着腮。烛火的亮光就在她的脸上跳动，像清晨阳光下的一群小鸟。女儿在一个寄宿制的贵族学校上小学，女儿十岁了，女儿老气横秋，对人生居然有了自己的看法。看上去，女儿比她更懂得这个世界似的。老公也说她长不大。一个三十六岁的女人，没长大?

敲门的声音响了起来。她起身去开门。亚当出现在门口，身上淋湿了。他揉了揉鼻子，那是一个高挺的，有着许多小雀斑的鼻子。她发现亚当经常有揉鼻子的小动作。亚当先是抱了抱她，用脸贴一下她的脸，然后亚当说，有干净衣服让我换吗?

她抱着自己的膀子看了看亚当。她突然想，自己让亚当来是不是一个错误。最后她还是进了房间在衣柜里拿老公的干净睡衣。老公的睡衣，好像还有温度，令她在把手伸向睡衣的时候，被灼痛了一下。她的手在瞬间有了迟疑，她甚至想把睡衣放回去，是因为她其实不愿意看到一个年轻男人穿上自己老公的睡衣。她总是觉得，即便她和老公一点儿关系也没有了，也不能在老公不同意的情况下，把睡衣贸然让别的男人穿上。亚当的衣服已经脱了，赤条条地站在客厅里，他似乎在等待着。在暗暗的烛光下，他身体的线条很好。她叹了一口气，最后还是把睡衣拿到了亚当面前。亚当换上睡衣，说，这么慢? 她没有回答，只是皱了一下眉。她越来越怀疑自己的决定，就是，为什么让亚当一起来过她一个寂寞女人的生日，辛苦做好菜等着一个小男人，有没有意义?

2

亚当穿着她老公的睡衣，走到她身边，轻轻抱了抱
她。亚当说，生日快乐。她就蜷在了亚当的怀里，蜷在
一个年轻男人的怀里。她的身体触到了老公的睡衣，好
像那上面还残留着老公的温度和体味。很多时候，她也
是这样蜷缩在老公的怀里，站在窗前看一场一场的夜
雨。亚当说，来吧，我们一起吃东西。

亚当牵着她的手，他们在餐桌边坐了下来。亚当把
红酒打开了，她很安静地看着亚当，她看到的是一个大
孩子，脸上挂着幼稚的笑容。咚咚的声音响了起来，那
是红酒落入杯中的声音。亚当举起了杯，再次说，生日
快乐。她想自己一定也举杯了，因为她听到了酒杯相碰
时发出的清脆的声音。她喝了一口酒，抿抿嘴。其实她
是喜欢红酒的，她一直认为，红酒才是那种能喝出酒的
意境的酒。但是她却有了一丝失望，是因为亚当没有送
给她哪怕价廉的胸针之类的礼物，或者是一束花。她突
然感到了一阵难过，看着亚当津津有味地吃着她辛苦做

就的菜，她的难过越来越强烈。

　　只是她没有把难过挂在脸上。她是在微笑着，微笑着用筷子拨动着碗里的菜。她想起春天的时候，自己开着车一个人去了郊外。她把车停在一条很浅小的溪边，溪边是一大片的草。她闻到了植物的气息，那是一种好闻的草腥味。她贪婪地吸了吸鼻子，一些阳光拨开云层从天上像银针一样掉下来。她突然觉得那些银针是扎进了自己的身体，并且在血管里奔走，并不时地触碰着血管壁。这就让她略略有了痛感。一双水晶凉鞋，漂亮的有着蝴蝶花搭襻的凉鞋被她甩脱了。一双骨肉匀称的脚落入了水中，水包围着她的脚，水想要把她的脚给一点点咬碎了，吞下去。她的身子，莫名地在阳光下有了一种战栗，这样的战栗里，眼泪都忍不住滴落下来。这样的战栗让她想起了初恋时，男朋友带她上山。在山坡草地上，男朋友拥着她，轻轻打开她的门，让她有了一种战栗。是那种忍不住想惊声尖叫的战栗。整个下午，她都在那条无名的溪边度过。她坐在一块巨大卵石上，把脚伸入水中，一直晃荡。

　　亚当在吃梭子蟹。亚当吃梭子蟹的样子有些不太雅观。亚当在吃一只梭子蟹的大腿，看上去他多么像是在和梭子蟹握手。他不时用筷头去捅蟹腿上的肉，用嘴巴吸时，发出了很响亮的声音。看上去他的神情很专注，似乎是要和梭子蟹斗争到底的样子。她微微皱了一下眉头，想起老公也喜欢吃梭子蟹，但是老公吃蟹时是温文尔雅的。她不再吃菜了，她把头侧过来，望着亚当专注地吃梭子蟹。突然觉得，在亚当面前，她不像情人，像妈妈。

亚当有一辆叫作"野狼"的摩托车，是那种一发动就响起很大轰鸣声的车。现在，这种摩托车已经没有人骑了，只有亚当在骑。亚当和女友谈恋爱时，就骑着这匹"野狼"在大街小巷狂奔。女友留着披肩长发，她坐在摩托车后座裙裾飘飘，长发飘飘，并不时地发出几声青春的尖叫。后来这辆摩托车的后面不见了女友，亚当把车停在了她的楼下。亚当给她发短信，在短信里一遍遍说着情话。她站在阳台上，看到楼下空地上站着一个穿运动服的高个子男孩。阳光拍打下来，让她有些回到初恋的感觉。

初恋的时候，老公也常来她家楼下，害得她吃饭都吃不好，总是匆匆扒几口饭，然后一抹嘴就下楼。老爸有一次叫住了她。老爸正在喝酒，他的脸上呈现出酒精反应才会有的那种酡红。老爸说，你在恋爱了。那时候她刚到门边，坚决地摇头说，没有。老爸说，我和你妈恋爱时，我们也和你一样心不在焉的。她没有反应，愣了一会儿。老爸接着说，楼下空地上，每天傍晚都站着的那个人，他是你男朋友吧。

老妈也笑了，慈眉善目的那种笑。她的脸红了一下，从心底里却升起了一种幸福。是的，她说。是的，我有男朋友了。老爸挥了一下手，说，去吧，别把爸妈忘到九霄云外就行。那天她特别兴奋，对男朋友说，我爸妈知道你了，你什么时候上我家去吧。后来，男朋友上了她家；后来他们结婚了；后来他们生了一个女儿，丈夫事业有成，他们是一个幸福的家；后来，丈夫去了日本深造，女儿上了贵族小学，她一个人在家里照着镜子数着人影。

再后来，亚当出现在她家的楼下。她在楼上看着风景，她把亚当看成了一道风景。住在对门的警察周把警车停在空地上时，会看一眼亚当。但是警察周的步伐不会停，会匆匆上楼。有一次在楼梯口，警察周和她狭路相逢，他们都笑了一下。警察周说，如果有什么事情需要帮助，你尽管叫我。警察周的脸上堆满了笑容，而在她的印象里，警察周是一个不太会笑的人。她看到了警察周眼角密集的皱纹，她发现男人是不太会有皱纹的，男人只会在笑的时候才有皱纹。她也笑了，说，好的。谢谢。然后他们交错而过。但是她一直都在想，警察周为什么要突然对她说这样一句话。

她站在阳台上看着楼下的亚当。亚当把身子倚在摩托车上，不停地给她发着短信。亚当说，你下来，我用摩托车带着你去兜风。她想起了那时候她坐在男朋友的自行车后边，晃荡着脚在江边的一条大路上慢慢游荡的情景。她的手就落在丈夫的腰上。后来他们有了车，她的手就不再落在丈夫的腰上了。她明明知道，手能不能揽住丈夫越来越肥的腰，其实和有没有车是没有关系的。但是她仍然这样想，如果没有买车，她还会从背后搂住丈夫。

亚当在短信里说，你下来吧，你不下来，我天天在这儿等着你。

她在短信里说，你离开吧，你站在楼下，让我怎么做人。

亚当在短信里说，我不管那么多，再说别人怎么知道我等的是你。

她在短信里说，那你的女朋友呢，你的女朋友知道你在这儿等一个比你年长十二岁的女人？

亚当在短信里说，我和女朋友分手了，我对女朋友说，我爱上了一个长我十二岁的女人。

她在短信里说，那你女朋友有没有哭？

亚当在短信里说，她哭了，她说我神经有问题。

她在短信里说，我想也是，你的神经一定有问题。

亚当在短信里说，你再不下来，我就在楼下叫你名字了，我会说，我爱你。

她有些惊惶了，像一只想要躲避猎人枪口的小兔。她回到客厅里，光着脚丫来回地走来走去。她想起当年，当年的男朋友也是这样死死地缠住了自己，像一条百折不挠的蛇一样。最后男朋友在众多追求者中胜出，从此他的自行车后多了一位美女。有一次男朋友喝醉了，对她说，我要把你含在嘴里。那时候令她感动万分，她想这一辈子就陪着这个男人平淡地活到老吧。现在，又一个男孩子，像一个傻愣愣的愣头青一样，在楼下等着她，口口声声说要缠住她。

她在短信里说，不要喊，要不，你晚上再来吧。

她仿佛听到了亚当的欢呼。

亚当在短信里说，几点钟，哪儿见？

她在短信里说，十一点钟，你离我楼下空地稍远点儿，我找你。

她仿佛听到了亚当的又一声欢呼。她还听到"野狼"摩托车离去的声音，像野狼一样嚎叫了一下，声音渐渐远去了。

她觉得有些疲惫，把身子躺倒在沙发上。整个白天，她就那么懒洋洋地躺着。她的脸上是热的，所以她经常用手去抚摸自己的脸庞。她在想，是不是，又要开始另一场恋爱，这场地下恋爱已经让她心神不定。有时候她的心在雀跃和欢呼，有时候她的心底里又一片灰暗。一个在日本深造的男人，和一个在贵族小学求学的小女孩，他们的笑容，是她心底里的一道坎。想要迈过去，多难。

她把自己身上的衣裙，慢慢地脱去了，然后她站到了落地镜子前。她用自己一双纤白的手抚摸着乳房，乳房已经因为哺育小孩而下坠了，它是松垮的，乳头也没有了鲜活的颜色。她的手指头落在自己的脖子上，脖子颀长而性感，是令她满意的部分。手指头又落在小腹上，小腹略略有了赘肉，和当年的平坦与光滑已经有了天壤之别。小腹上还留有一道站立着的疤痕，像是蜈蚣的模样。那是当年生下女儿时留下的纪念。只有屁股，仍然结实地翘在那儿，像一只苹果，性感，有光泽，对每一个男人都会构成一种诱惑。她的腿是漂亮的，颀长圆润不失肉感，却不胖。她穿着淡灰棉布裙子在大街上走过的时候，一阵风吹起裙角和头发，她会用手压一压乱了的头发。她感到许多男人的目光抛在了她身上，她就微笑了。她把步子迈得缓慢，像一部叫作《西西里的美丽传说》的电影里的一个镜头。男人们拿各种内容不同的目光剥她的衣裙，那是男人们的自由。因为法律规定，目光无罪。

在镜子前站着时，她想，她是花呀，她曾经是一朵那么娇艳的花呀。后来她在喷淋龙头前洗澡，往身上擦沐浴露的时候，她也想，是花呀，曾经是那么鲜嫩的花。沐浴露让她的身体像泥鳅一样滑溜，抚摸着自己的股腹时，突然摸到了一种渴望。她把眼睛合上了，头微微上仰，喉咙里翻滚出几个呜咽的音节。很久了，没有男人亲近过她，她像是一片被遗忘的土地，长满了荒草。现在，一个叫亚当的男人，应该算是男孩子吧，拿着锄头说，他想垦荒。这算不算一件荒唐的事？

她换上了干净的棉布裙装。她喜欢棉布，所以她的身体一直都是被各种形状的棉布包围着的。换上衣裙，然后在漫长的时间里，她都在等待着夜晚十一点的到来。她看电视，心不在焉地按着遥控板。丢掉遥控板，她又在客厅里来回踱步，或者跑到阳台上看一看夜色。很久都没有这种异样的感觉了，时间变得如此缓慢，竟让她有了一种莫名的焦躁。她摸摸自己的脸，对自己说，怎么啦，怎么啦，你是怎么啦。

手机就放在茶几上，蓝屏闪了一下。一条短信，是亚当发来的。短信说，我已在你楼下不远的一棵大树的树荫下。她的心里欢叫了一下，时间是十点四十八分。但是她还是匆匆带上门就下楼了。她住六楼，当她飞速奔到四楼的时候，放慢了步子。她对自己说，慢点，再慢点，不要让亚当觉得她很想见到他的样子。她放慢了脚步，走出了一幢楼的阴影，跨过了一大片的绿化区。然后果然在一棵樟树下，她看到了一个身材挺拔的男孩，和一辆叫作"野狼"的摩托车。

摩托车响起了很大的声音，像是荒原狼的嚎叫。

3

亚当吃完了手中的梭子蟹。他往自己杯里倒了一些红酒，说，来我们干一杯。她没有举杯，只是微笑着看着这个大男孩。她在想，是不是亚当要经历无数场恋爱，这与她当年是完全不同的。当年不太流行频繁恋爱。她没有举杯，是因为她不喜欢听雷同的话，比如一次次地说，来，我们干一杯。她说，你是不是无话可说?

亚当愣了一下，缓慢地放下了酒杯。他在想，应该怎么说才是合适的? 但是他想不起来还有什么话好说。他的脸上甚至还有了倦容，他真的想在酒足饭饱后睡下去。或者，和她做一次爱，然后再睡。她也不再说话，但是她却举杯了，自顾自地抿了一口。然后她起身去放了一张 CD，是蔡琴的歌。她喜欢听蔡琴，是因为她觉得蔡琴更像一朵女人花。慵懒而风情。她不喜欢李玟和张惠妹，并不是她们嗓音不好，而是她觉得她们更像机器人，在台上不知累地扭动自己。

音乐响了起来，蔡琴的声音像光脚板的女人在客厅里走来走去一样。她又抿了一口酒，开心地笑了起来。她说，不是放给你听的，是放给我听的。亚当又愣了一下，他突然开始觉得，她的情绪好像有些不太对劲。但是亚当一点儿办法也没有，他最擅长的是发短信和骑野狼牌摩托车，当然，爱也做得不错。她端起了酒杯，在客厅里开始旋转，那是曼妙的舞姿。她的光脚丫落在了实木地板上，快速地移动着。她觉得，自己像是要飞起来，或是想要飞起来。

她记得第一次跟亚当出去，那天晚上十一点不到，她就和亚当一起离开了小区。亚当把她带到了一个荒无人烟的郊外，郊外是一片树林，是一片草地，总之是一片黑暗之中的绿色。亚当把车停下来，不由分说地就把她抱在了怀里。她想要挣扎的，但是她几乎没有挣扎就被亚当吻住了。亚当的手在她身上游走，摸到了裙子的拉链。她相信亚当是经历过无数场恋爱的，不然怎么会那么的轻车熟路。她并不想犯错，但是她已经做不到不犯错。在身体与身体纠缠的过程中，在衣裙还未离开她身体的时候，她的一扇门已经不由自主地打开了。她的身体扭动了一下，很清楚此时的自己是湿润的。亚当把她抱到了摩托车上，这是一次奇怪的经历，令她这一生都不能忘记。她洁白的身体，就躺在软软的车座上。而亚当的裸体也很快呈现在月色下，闪着一种健康的淡然的光芒。亚当走到她身边，先是看了一会儿她的身体，然后就毫不犹豫地敲开了门。那时候她闭着的眼睛睁开了，头稍稍仰了起来，两只手一把环住了亚当的脖子。

那是一个令她愉快的夜晚。不一会儿，亚当身上的汗珠就滴在了她的胸前。她感觉有风，有花和植物的清香，有虫子的鸣叫，还有无处不在的月光。这个夜晚她把自己最大限度地打开，她迎接着亚当，她渴望自己被亚当撕碎，撕成一缕一缕。她甚至在亚当的身下，呜咽和哭泣了。然后，然后是一长串的战栗，她的身体绷紧了，眉头收紧了，眼睛闭起来了，牙关咬紧了，像被电击一般，她麻了一下又麻了一下。久违的战栗，让她愿意在瞬间死去。

那天晚上她和亚当一直在那片充满植物气息的小树林里。那天晚上，他们一直在纠缠着。直到天蒙蒙亮，亚当才把她送了回来。回到家，她洗了一个澡，然后瘫倒在床上。她想，她的整个身体已经被亚当拆得七零八落。而久未打开的那把锁，也已经能很活络地打开了。

此后的亚当，隔三岔五找她，隔三岔五把她的身体打开，再合拢。亚当送来鲜花，陪着她吃饭和看电影，尽管亚当没有钱，但是她乐意付钱。她出钱让亚当买来了鲜花，她出钱让亚当买来电影票一起看电影。她出钱让亚当开房，然后在酒店里一整天不出来。她像在重演着当年的爱情，让亚当为她修指甲，给她梳头发，吻着她，抱着她，和她缠绵。让亚当用摩托车带着她，一次次去郊外。只是她没有和亚当一起去当年她和男朋友去过的草地，那个她把自己给了男朋友的地方。她怕熟悉的地方遗落着老公当年的目光，那目光会像匕首一样刺中她。

4

她仍然在客厅里跳舞，她相信自己的舞姿是曼妙的。亚当一直看着她跳舞，后来亚当的眼神出了一点儿问题，他的眼神失去了光泽。慢慢地，他的眼睛合上了，他的头就靠在餐桌上打起了瞌睡。她的心里哭了一下，她后悔当初上了亚当的摩托车。但是她跳舞的步子却没有停下来。她想，这是三步，这是恰恰，这是伦巴。她一曲一曲地跳着，跳累了，她在地板上坐了下来，一只手撑着地板，支撑着自己的身体。蔡琴仍然在唱歌，但是屋子里的两个人，一个睡着了，一个坐在地板上。屋子里很安静，这样的安静里，她开始发呆。她自己的生日过得不满意，所以她在发呆。发呆的时候，电话铃响了，是从遥远的日本打来的。她接了电话，老公的声音响了起来。

老公说，你在干什么？

她说，我在发呆。

老公说，今天是你的生日，祝你生日快乐。我在日本给你寄了一枚胸针，你收到了吗？

她说，还没有。她的心里却升起了一种淡淡的暖意，她已经不会大喜过望了，但是，她有了暖意。

老公说，半个月后我就回来了。半个月后我陪你去丽江玩玩，你不是一直说想去丽江吗？我先把我一个星期的时间给你，然后我再去报到。

她说，好的。她知道自己渴望着去丽江，但是在看了一眼伏在餐桌边睡觉的亚当后，她的兴趣骤减。她怎么还敢要求老公对自己那么好？

老公说，你怎么了，你不舒服？老公的声音里，稍稍有些焦急。

她说，我想哭。

说完她真的哭了。老公在电话那头听着她的哭声，她耸动着双肩哭，眼泪就掉在了实木地板上，掉在了她的身边。

后来老公说，你再坚持几天吧，等我回来就好了。等我回来，我要补偿你。

她说，再见。说完她就把电话挂了。

电话铃再次响了起来，仍然是老公的越洋电话。她能想象老公生活的那个岛国上的样子，岛国上空一定飘荡着鱼腥味。

老公说，你让我不放心，我打电话叫你爸妈过来陪你好吗？

她说，没事，我刚才只是有点情绪化。现在好了。晚安亲爱的。

老公也说了一声晚安。电话挂了。

她也把电话给挂了，她挂电话的过程很漫长，她是缓慢地把电话挂上的，好像是怕惊醒了亚当似的。她想她真的是呆了，一直以来，老公都忽略了她的存在，让她对爱情没有了丝毫感觉。只是老公身在异域，突然在她生日的这天，表示了一种夫妻间应有的淡然的爱意。她想，老公也没有错，难道老公应该要一辈子都捧着她哄着她？那么自己错了吗？自己也没有错，自己只是希望老公关注自己，对自己好一些而已。那么，是谁错了？很长的一段时间里，她没有想到答案。然后，然后她走到了亚当的身边。亚当睡得很香，亚当流了一摊口水在餐桌上。她伸出手去，用中指轻轻摩挲着亚当的脸。亚当是一个英俊的大胡子，他把胡子刮得青青的。曾经，她喜欢亚当用下巴触碰她的脸部，有那种愉快的酥痒感。她的手指头就那么一下一下轻轻地在亚当的脸上来回往复，像一个母亲对儿子的慈爱。抬眼看钟的时候，已经十点钟了。是晚上十点。

她相信自己碰到亚当，让一朵枯萎的花复苏了。她开着车子去跳健身操，跳操的时候她才发现那么多女人当中，她的身材竟然是属于完美的。她频频光顾美容店，办了年卡，定期做面膜和皮肤护理。她家不是老板家庭，但是却是富裕的。她知道留不住青春，她只是想暂时留一下青春而已。更重要的是，她要用自己看上去仍然青春可人的形象，来拉近自己和亚当之间年龄上的距离。

　　在山上。那是一座叫滴水岩的山吧，她开着车带着亚当一起去山上。在山上他们看到了满眼的绿，在某一丛绿里。亚当缓缓跪了下去，他跪在她的面前，双手抱住了她的屁股，轻轻扭了一下。然后他张嘴咬住了她的小腹。隔着衣裙，她略略有了痛感，但是更多的却是战栗。她就站在原地不停地战栗着，像一枚风中的树叶。她小腹间的衣裙，被亚当的口水打湿了，而且是皱巴巴地湿了一团。那天她的衣裙像一只风筝落地一样，飘落在草地上。她的洁白的裸体就藏在了山林的一片绿里。亚当也除去了衣衫，与她赤裸着相对。亚当后来把自己的身体合了上去，像是盖上了一块盖板一样。他就这样站立着，似乎是在费力地开一扇门。亚当抱着她，她就在亚当汗津津的怀里颤抖，发出了不成调的声音，像一头小兽。

　　后来他们把心情和身体都平静下来。他们穿好衣服，坐在草地上，说一些无边无际的话。那时候亚当还懂得倾诉，说一些自己在大学时代的生活。她也说，但是她说得很少，她只是微笑地看着一个大男孩神采飞扬地说话。她一直以为神采飞扬和年龄有关，亚当是最适合有这个表情的时候。亚当说着说着打了一个哈欠，亚当说着说着，突然流下了眼泪和鼻涕，他的身体侧了过去，慢慢地扭成了一团。他望着她，他在她的眼睛里看到了惊恐，他想她一定把他当成了妖怪。亚当是想努力地挤出一个笑容来，但是他努力了无数次，脸上的肌肉仍然是僵硬和扭曲的。亚当挣扎着站起来，走到了车边打开车门，拎出了车里他的一只牛皮包。亚当绕着车子转到了车身背后，亚当从包里拿出了一些冰凉的东西。然后，亚当蹲下身去，当他把针扎向自己手臂的时候，眼睛微微地合了起来，像是要进行一场长达一世纪的睡眠似的。亚当睁开眼睛的时候，看到了她平静的目光。她说，你为什么不告诉我？亚当没有说话，他低着头，是因为他不知道该怎么说。她又说了，你为什么不告诉我？亚当缓慢地抬起了头，说，我告诉你的话，我发你短信你就不会回了。她冷笑了一下，但是她想亚当的话是对的。

　　他们快快地开车回来。身体的愉悦像浪潮一样早已过去，烟消云散了。车子回城的时候，她说，以后你别来找我了。我不希望和你在一起。亚当好像预料到她会这样说，亚当说，不行。她说，为什么不行？亚当说，我要缠着你。那时候，她什么话也没有说，但是她的心里，却彻底绝望了。

亚当向她要过一些钱，数目不等，如果加起来，该是一笔可观的数目了。亚当和她之间，变得不太再有投机的话了。现在她就站在亚当的面前，看一个大男孩，回想这个人是如何走进自己的生活的。她突然吃了一惊，是因为她居然记不起是怎么样认识亚当的，好像在一次舞会上，也好像是她接待一个业务单位的时候，甚至还好像，亚当是混在媒体记者里认识她的。她的手指头仍然在亚当的脸上摩挲着，在她的摩挲中，亚当睁开了眼睛。他先是看到了桌上一摊可观的口水，这摊口水令他感到有些不好意思。然后他抬眼看到了她，微笑着站在面前，她的手指，仍然还落在亚当的脸上。亚当想要说一句话，但是他不知道该怎么说，所以他说出来的话仍然是，祝你生日快乐。她大笑起来，闻到了亚当嘴里腐败了的梭子蟹的味道。亚当愣愣地看着她，亚当站起身来，他好像有些愤怒了。他说你怎么这样笑，你是在笑我吗？

她的笑声终于停了下来，像是一辆汽车踩了刹车以后缓慢的停顿。她收住笑容，一本正经地说，是的我在笑你，你觉得生日晚宴可笑吗？一个睡觉，一个独自跳舞。你离开吧，你可以离开这儿了。亚当说，为什么？她本来想说，我想睡觉了，想休息。但是她想了想说，我不想见到你。

5

亚当发了一会儿愣。他的眼睛眨巴着，要努力想起一点儿什么似的。他终于说，你给我五万块钱吧。她说，为什么，为什么要给你五万块，给个理由先。亚当说，因为我会让你清静，这算是清静费。她说，你的脸皮为什么那么厚，居然有清静费这个说法？亚当笑了，说既然你说我脸皮厚，那我的脸皮就厚到底了。她说，如果我不给呢？亚当说，不给也得给，因为我手里有我们两个在酒店里的录像带。你老公不是就要回来了吗，你老公回来我免费让他欣赏。她的身子颤抖起来，嘴唇也在颤抖。她不知道说什么话了，只知道自己的身体在一点点发麻，脸上的皮肉也是，麻木得没有知觉。亚当却很平静，平静地微笑着。他轻声说，我女朋友在楼下等我呢，你快些吧。

她走到了阳台上。她在阳台上往下看，看到一个女孩子，站在楼下空地上。孤零零的样子，像一支蜡烛。她转回身，抱着自己的膀子，说，你和女朋友，没有分开？亚当哧哧地笑了，说我想分开的，但是女朋友不肯，女朋友又来找我。你知道吗，为了给我钱，她在卖身。

她的身体再一次颤抖起来，她用牙齿咬住了嘴唇。一会儿，嘴唇冒出了血丝。在大约十分钟的时间里，他们都不说话。亚当的目光盯着她，他看到她的脸色渐渐平和，脸上露出了笑容。她的声音也变得温柔了，她说，五万块钱拿去后，你别来烦我好吗？亚当的脸上露出了喜色，他欢快地点着头。她说，那你陪我喝酒，再陪我最后做一次爱，算是分别好吗？他站起了身子，搓着手。好，亚当说好，亚当说，来我们喝酒。

她回了一次房间，补了补妆。然后他们喝酒了，他们喝了很多酒。也许因为兴奋，亚当大口大口喝着酒。然后，他的舌头大了起来，他说来，让我们最后一次做爱，相信我一定会令你满意的。这时候她哭了，她哭了足有五分钟时间。在她还没有哭完的时候，亚当慢慢地瘫到了地上。她终于止住了哭，走到亚当身边，用力地踢了亚当一脚。然后她像一个失魂的女鬼一样，披散着头发痴痴地坐在地板上。

　　她走到阳台上，看到楼下空地上的女孩在向上张望着。这个愿意为男朋友去卖身的女人，多么可怜地站在凉凉的路灯光下。她回到了客厅，先去了卫生间，放了满满一浴缸的水。她放的是温水，并且用手试了试水温。然后她去拖倒在客厅地上的亚当。亚当很沉，把他拖到卫生间里费了她很大的劲。然后她把亚当推进了浴缸，浴缸里的温水一下子漫了出来，在卫生间里流来淌去。她用两只手抱住了亚当的头，死死地按在水里。亚当醒来了，有了轻微的挣扎，然后亚当就一动不动了。亚当不动了，她却仍然死死地按着亚当的头。在这之前，她从房间里悄悄把许多安眠药给弄成粉状，悄悄地让亚当喝下了加有安眠药的酒。就算安眠药没有作用，亚当也该喝醉了。现在，亚当醉得永远都不能醒来了。她松开了亚当的头，看到了亚当丑恶的表情。她的身子开始再一次莫名地战栗，像是完成了一件伟大的心愿。她一下子倒在了卫生间满地的水里，湿湿的水包裹着她，她在水里失魂落魄。

好久以后，她艰难地站了起来。她的真丝睡衣湿透了，她脱掉了睡衣，开始洗澡。洗澡的时候，她唱着歌，用沐浴露认真地擦着自己的身体。然后，冲洗自己的身体。再然后，她擦干了身上的水，站在镜子前仔细地端详着自己。一朵花，她说，那是一朵花。她身体的曲线是迷人的，她就看着镜子里的曲线，并且伸出手去，沿着镜子中的曲线缓慢地下滑。离开卫生间以前，她看了一眼死去的亚当。她想，怎么会认识这样一个人？是不是因为自己的渴望战栗，而一下子改变了人生的方向？

她回到房间里，找了一件棉布睡衣穿上。然后她坐到了梳妆台前梳妆。她为自己画眉。她从二十六岁开始化妆，二十六岁生孩子以前，她对自己的容颜很自信。她为自己的嘴唇画上了唇线，涂上了口红，然后抿了一下嘴。她再次站到镜子前的时候，看到了镜子中的美女。是花。她说，是一朵花，是一朵暗夜里开放的花。她抬头看了一下墙上的挂钟。十一点四十八分了，马上，就是午夜。

6

　　她在敲对面的门。门开了，警察周来开的门。警察周看到打扮得漂漂亮亮的女邻居时，愣了一下。警察周抬腕看了一下表，这是他的习惯了，他预感到有什么事情要发生。警察周说，什么事？

　　她轻描淡写地说，没什么事。她的目光抬了抬，顺着警察周和门之间的空隙看进去，看到餐桌上放着热气腾腾的方便面。你刚下班吗？她说。警察周说，是的，我刚下班，你有什么事吗？她仍然说，没什么事，只是想和你聊聊天。警察周笑了，说，那，你进屋？警察周这样说着的时候，闪了闪身子。她摇了摇头说，我不进来了。她接着说，今天是一个战栗的夜晚。警察周的眼睛盯着她，眼睛里忽然有了一阵精光。警察周的笑容收敛了，说，发生什么事了，你告诉我。

　　她笑笑，说，一件小事，不用紧张的。她说很多年来，我没有战栗，我刚刚找回战栗，以后就永远都不能战栗了。警察周没有说话，他定定地看着她，他知道他问什么都是徒劳。现在，他想要做的是看着这个美丽女人的下一步。她的脖颈处，留了一大片的白，警察周努力地不把目光投在那上面。但是警察周仍然知道，那是一片诱人的白嫩。她笑了起来，笑的时候，胸脯就那么颤动着。她的手举了起来，手是用来擦眼泪的。警察周发现她的眼泪在顷刻之间就落下了一大片，像一场雨。

她慢慢地退了回去，退回自己的门边。她把门留了一条缝，然后她从这条缝里看到了发呆的警察周，他的表情严肃，好像在想着什么问题。他突然像想到什么似的，回过神来向她走来。她笑了，她说我不允许你进屋的。警察周说，为什么？她又笑了，说，因为就算你是警察，也不能随便进入百姓住宅。

她就要合上门了，合上门以前，她把一句话通过门缝传了出去。她说，我杀人了，你替我报警吧。你不是在楼梯口对我说过的吗，如果有什么事需要帮助，尽管叫你。说完她就合上了门。警察周是同一时刻抬腿的，他一脚踹出去，想阻止她合上门。但是门已经合上了，现代防盗门，都很高级，十条腿也踹不开。

警察周愣了一下，在几秒钟以内，警察周掏出了手机。然后，他一边拨打手机一边向着楼下飞奔。

7

她站在阳台上。她在阳台上看到了一个女孩，焦躁地在楼下空地上来回踱步。夜有些凉意，让她抱紧了自己的膀子。她抬眼看看天，天上没有星星，是个阴天。然后，她倚在阳台的栏杆上，想着自己的老公。老公在日本深造，回来以后前途无量。女儿很听话，成绩一直是班上第一第二名。家里，什么都有了，给亚当五万块钱，一点儿问题也没有。但是她不想给了，亚当令她反胃。她在想象着身子凌空的时候，会不会像鸟一样飞翔。这样想着，她的身子就开始战栗起来。

雨丝又开始飘落下来，很小的雨丝。她把手伸了出去，触到了星星点点的微凉。楼下空地上，那个女孩来回走动，显得越来越焦躁。女孩终于掏出了手机，她听到屋子里传来了手机的响铃声，只是，手机的主人自己已经不会接听了。远远地传来警车鸣叫的声音。报上这样说，110接警中心向市民承诺接警后五分钟之内必定到达现场。这是一座小城，一辆警车足以在五分钟之内到达小城城区的任何地方。她想，果然是快的，警察周的脑子果然灵。而这时候，警察周已经跑下了楼，他出现在女孩身边，并且抬起头向上张望。

纵身跃起以前，她对自己说，是花，你是一朵暗夜里开放的花。是一朵，战栗的花。然后她飞了起来，轻飘飘的。她看到了日本岛国的天空那么蔚蓝，渔船就在那大片的蔚蓝之下。老公生活在岛国。她笑着向老公挥了一下手，她突然想起老公给她寄了一枚胸针作为生日礼物，她还没有收到，这是令她最遗憾的一件事情了。然后她听到一声巨响，感到自己的身子热了一热，却轻飘飘的没有知觉，好像在云雾里穿行，做着一个坐在滑翔机上的梦似的。她努力地想要笑，她不知道自己的努力有没有成功，脸上的肌肉有没有形成笑的形状。她看到了一双皮鞋，那是警察周的皮鞋。然后她听到了一个女孩子的惊叫，女孩子发出尖厉的声音，把夜空给割成了碎片。然后她看到女孩子的身体，像面条一样软了下来，瘫在地上。她听到自己的心跳，异常沉闷地响着，像沉重的脚步声。接着，脚步声一点点远去。

警车呼啸而至。下来一些穿黑衣服的警察。整幢楼的灯，几乎在同一时间内打开了。许多人都探出头来，有些人还穿好衣服跌跌撞撞地下楼了。有记者赶来拍照，被警察周夺下了照相机。警察周愤怒地说，不许拍照。她想，如果她有力量站起来，应该亲警察周一下的，她发现警察周其实是一个可爱的好人。她听到警察周对着另一个反背双手的警察说，是自杀。那个警察没有说话。警察周又说，住我对门的，六楼。那个警察说话了，他说，上楼看看。一些警察就向楼上冲去。她的心里笑了一下，她想，警察们马上就要看到一个被水浸泡着的叫作亚当的人了。

突然，她看到一个湿淋淋的人出现了。他摇摇晃晃地走路，他叫亚当，他是从六楼扶着楼梯一步步走下来的。他一下来就被一个警察按住了，迅速地铐上了钢铐。她一下子绝望了，她想现在一定过了午夜，最起码有零点一刻了。那么在零点一刻的午夜，她的生命作了最后一次战栗。医生刚好从救护车上跳下来，医生还没有看到她最后的战栗。她在心里说，老公，我不要平淡的生活，我要你把我当成女朋友。她的身体浸泡在一堆液体里，这堆液体本来是在她体内的，现在它存在于身体以外，并散发着一股黏黏的腥味。这时候，她看到了亚当的目光，从不远的地方抛过来，落在她的身上。她的身子麻了一麻，然后她就什么也不知道了。

8

记者问警察周，记者说你能不能介绍一下案情。警察周点了一支烟，把自己的身子靠在椅背上。警察周说，我们领导说了，暂时不能报道这个案子，等案件有了结论再说。记者说，不是说是自杀吗，自杀动机是什么？警察周一下子皱起了眉说，不是说过了吗，无可奉告。

记者是一个年轻的女孩，她刚刚从学校毕业，笔头还很嫩，但是她想写出好的新闻作品来，所以一直在这座城市里四处奔波着。她失望地掉转身子的时候，警察周突然说话了。警察周说，一个女人，在她的一生中会有次数不多的战栗。但是女人一直都在渴望着战栗。记者掉转身，说，那么那个湿淋淋从楼上下来的年轻人，是怎么一回事？警察周说，在本案里他是无罪的，他是受害者，但是他与另一个案件有关。记者问，那么，战栗呢，战栗与本案有关吗？

警察周想了想，他把烟蒂从嘴里吐出来，准确地落在了烟灰缸里。警察周说，战栗与本案无关，但是与任何女人有关。包括你。记者愣了一下，她慢慢合上了采访本。她离开警察周办公室的时候，站在门口，身子不由自主地战栗了一下。

「医 院」

十八岁

唐小丫站在很远的地方，看着小镇岔路口的那家医院，慢慢地被夕阳淹没掉。那是一幢老旧的楼房，唐小丫总是想象着，穿得很白的医生胸前挂着听筒；穿得同样白的护士们，手里拿着托盘走过。那样的场景像一场黑白的无声电影一样，在唐小丫的脑子里一次次地重现。唐小丫看着医院的时候，就躲在不远处一棵树的背后。她对于医院的迷恋，不敢告诉村子里的任何人。那实在是一个太滑稽的念头。也许是唐小丫爱上了医院的尖顶，因为那是旧教堂改成的一座医院。唐小丫总是担心，如果有一架飞机不小心跌下来，会不会刚好被尖顶戳穿。但是，唐小丫担心的事情一直都没有发生。

十八岁的春天，唐小丫有好几次经过医院时停住了脚步。唐小丫想去问问医生，一个十八岁女娃的青春会不会像树浆一样冒出来。这是一个多雨的春天，唐小丫举着那把硕大的雨伞，一次次地站在伞下看医院的模样。她总是觉得，医院是她的一个亲人。她站在伞下的时候，世界就没有了，只有远远近近的雨，把感叹号一样的唐小丫罩起来。

那些雨被风一吹，就四处飞扬起来，把唐小丫的身子打湿。唐小丫会在这些会飞的雨中长久观望着一幢老旧的建筑。这个时候，她也会想起唐大军。唐大军去部队当兵，半年后就被派到军医院当了卫生员。唐小丫想象唐大军肯定背着一只药箱，军装外面又套了一件白大褂。果然，唐大军寄来的两寸黑白照片上，就是这个样子。唐小丫举着照片的时候，没有去看唐大军很傻的笑脸，而是盯着药箱看。她猜测着药箱里藏了一些什么东西。唐大军告诉唐小丫说，小丫，等我回来了，我就娶你。

唐小丫的每一个春天，身子骨总会发懒。她不愿动，她把唐大军的照片和信，随手扔在了床角落里。更多的时间里，她的心怦怦地跳得激烈。她很想去放火烧了谁家的院子，或是自己被河水冲走。村子里好像很少有人和她说话。村子里的人，在唐小丫的眼里，像是一串符号，或者是一群不会说话的蝌蚪。有时候唐小丫去唐大军家帮忙，默不作声地帮唐大军的妈干一些家里细碎的活。唐小丫总是觉得这个世界太细碎了，细碎的头发，细碎的花布，细碎的永远干不完的活。唐妈妈对这个未来的儿媳妇很好，她总是站在不远的地方，很安静地看着唐小丫干活。然后走过来，突然伸出手，摸一下唐小丫的头发。唐妈妈的这个举动，有好几次都让唐小丫的鼻子酸了。那时候她有很强烈的欲望，要嫁到唐家去。

村子里一个游方的算命佬出现在唐大军家的院子里。算命佬在这个无所事事的午后，闻着院子里泥土的腥味，轻而易举地算出唐小丫的第一个孩子是儿子，第二个孩子是女儿。唐妈妈很开心，她就希望有一个孙子和一个孙女。唐小丫望着算命佬，算命佬的嘴巴还在拼命地张合着，好像是在和唐妈妈说着什么话。唐小丫看到了算命佬黄豆一样的龅牙，唐小丫就想，这个算命佬的牙那么黄，他算的命会准吗？

唐小丫的父母亲早就没有了，他们被一场突如其来的泥石流淹没。从那个时候开始，唐小丫就知道，原来人活着和死去，是那么容易的一件事。那是一个大雨倾盆的雨天，唐小丫一直仰着头数着雨。她看到村里的人们在拼命挖着泥土，最后，村里人没有为她找来爸爸妈妈。村里人都走了，村里人走了以后，唐小丫站在一大堆山一样的泥前，轻声说，爸爸妈妈，我怎么办？

唐小丫不知道自己是怎么活的，反正她活得好好的。有一天，当唐大军把一捧油菜花捧到她面前的时候，她才知道原来自己已经是大人了。那捧油菜花金黄的光芒，把唐小丫的笑容照得黄灿灿的。油菜花就插在一只盐水瓶里，唐小丫一次次摸着盐水瓶，并且把脸埋在花丛中。这时候她总是觉得，自己的身体里有粒芽，在拼命地往上生长着。

唐大军在一阵锣鼓声中消失了。唐大军消失的时候胸前佩着大红花。唐小丫去人武部送唐大军，看到唐大军不停地给乡亲们发烟。那时候唐小丫站在远处看，她觉得唐大军跟她是无关的，唐大军不是她的。然后唐大军就坐上了车，坐上车的时候，唐大军说，小丫你等我，我不混出人样我不回唐村。唐小丫笑了一下，没有说等你，也没有说不等你。唐小丫说，大军，你胸前的大红花，和杜鹃花的颜色差不多。

然后车子就开走了。车子开走后，本来就没有几辆车出现的黄泥公路，就显得寂寞起来。唐小丫长时间地看着这条公路，这是一条一下雨就黄泥汤水弥漫的公路。但是唐小丫觉得很亲切，她以为，乡村的公路就该是这样的。那天唐小丫莫名其妙地对着公路唱了一首歌，唱完歌的时候，她看到医院就在镇汽车站不远。她想，医院的尖顶多么像一只黄蜂的尾巴呀。

唐大军写来了好些信，他很快当上了班长，并且学医了。唐妈妈总是高兴地告诉唐小丫这一切，她仿佛看到了儿子衣锦还乡的那一天。唐小丫不喜欢给唐大军写信，她觉得没有啥好写，她甚至在记忆中开始慢慢模糊唐大军的脸。唐小丫感到害怕，唐小丫对自己说，我怎么可以忘掉唐大军的脸？然后另一个脸挤了进来，那是一张俊朗的脸，这张脸笑起来的时候，牙齿很白，在阳光下一闪一闪。唐小丫一下子喜欢上了这样的牙齿。很长的时间里，唐小丫脸含笑容，望着那排白牙痴痴地看着。

白牙是柳生带来的。柳生的眼睛很大，柳生是跟着一个剧团来的，他是武生。武生的眼睛总会闪着精光，柳生也一样。柳生用他饱含精光的眼睛，一下子看中了唐小丫。他看到唐小丫穿着一件灰黄的衣裳，她的裤管吊了起来，明显是裤子短了，短得很陈旧。但是柳生却一下子喜欢上了被陈旧包裹着的唐小丫。唐小丫被柳生的目光笼罩着，一动也不愿动。后来柳生就走了过去，柳生说，你叫什么名字？唐小丫说，我叫唐小丫。柳生说我叫柳生，是剧团里的。唐小丫说你的锤耍得很好。没想到锤耍得很好也可以吃饭。柳生说，那你是靠什么吃饭的？唐小丫说，靠嘴，你呢？柳生就大笑起来，一边笑一边翻起了跟斗。他把跟斗翻得像一团雾，唐小丫就对着那团雾笑着。唐小丫说，实话告诉你吧，我养蚕。唐小丫说到养蚕的时候，眼前就浮起了白花花的蚕。有时候她想，像蚕一样的生命，就足够长了。生命如果太长，好像没什么意思。

　　几天后唐小丫和柳生并排躺在油菜田里。唐小丫的裤子还没有拉上来，她透过油菜花的缝隙看着碧蓝的天。泥土的气息钻进了她的鼻孔，她对着天空就笑了起来。柳生说，你笑什么？唐小丫说，你们要住多久？柳生说，几个月吧，不一定。我们现在主要是排戏，演戏要等下半年。唐小丫说，我怀上孩子怎么办？柳生咬了一茎草，说不会怀上的，你放心吧。后来柳生也望着一片天空，他觉得自己的身体已经很轻了。他要离开的时候，夕阳一片血红，他一站起身来，夕阳就一下子袭击了他，把他涂得像一个血人似的。唐小丫没有起来，她仰起脸望着血人一样的柳生说，你先走吧，我想躺着，我想躺死掉算了。

柳生后来走了。唐小丫就一直躺着，躺到月光像水一样地从天上泻下来。唐小丫再去想唐大军时，唐大军的脸彻底不见了，只可以见到一个人穿着军装的模样。

唐小丫经常去看柳生他们排戏。排戏的地方就在这祠堂里。唐小丫很安静，有时候戏班子的人会觉得她最多不过是生活在唐村的一个影子而已。看到演员们排戏的时候，唐小丫就想哭，想着想着她果然就哭了。她坐在一张孤独的长凳上，无声地哭着。然后，又无声地离开。许多人都觉得奇怪，只有柳生不觉得奇怪。柳生有一天拦住了唐小丫说，其实我不能碰你的。唐小丫说，为什么？柳生说，因为你是仙女。

两个月后，柳生偷偷带着仙女去了医院。柳生的手里捏着一张证明，那是一张伪造的大队证明。他把证明捏在手里，一会儿证明就汗津津的了。柳生说，走吧。唐小丫就跟他一起去了。然后，唐小丫的眼前就出现了一座尖顶的医院。唐小丫站在岔路口望着医院，一个声音就响了起来。声音说，进来吧，进来吧，唐小丫你进来吧。

在进入医院以前，唐小丫说，痛不痛的？柳生皱了皱眉说，不痛的。唐小丫说，你为什么皱眉？你真是一个畜生。柳生就堆起了笑容，他突然懊丧地猛抽了一下自己的耳光。

唐小丫第一次被医院的气味吸了进去，她觉得医院就像张开的一张嘴，身子是游进嘴里的一条鱼。当她躺在手术床上的时候，侧过头可以看到窗外的一棵巨大的泡桐，正开着淡紫的小花。唐小丫就一直看着那些小花，她的头一直侧着。她不去理会医生忙乱地使用那些冰凉的铁器，她觉得那些铁器把她掏空，让她成为一具躯壳。医生奇怪地看着她，因为她连哼都没有哼一声，只有汗水在无声地下滑，然后把她的整个身子打湿了。

唐小丫是走回唐村的。回去的时候，她看了柳生一眼，说，畜生。柳生说为什么说我畜生。唐小丫说，你还说不痛的。柳生有些理亏了，他总是觉得有些对不住唐小丫。柳生说，我有老婆的。唐小丫说，我知道。柳生说，我老婆像母老虎。唐小丫没再说什么，定定地看着柳生的眼睛。半晌，唐小丫说，你白长了一副好牙。

唐小丫回到村庄的时候，要经过一个路廊。路廊上挤满了人，他们是来看唐小丫的。因为村子里有人看到了唐小丫进入医院。村子里的那个人只告诉了一个人，说柳生陪着唐小丫在流产，但是村子里的所有人都知道了。他们不约而同地站在路廊，他们站得像一群蚂蚁。唐小丫走向了这群蚂蚁，路已经被堵住了，唐小丫无法前行。唐小丫脸上泛起了一个无力的笑容，无力得像一个随时会被风吹破的肥皂泡。唐小丫一步步向前走，人群就慢慢让开了一条狭小得只能通过一个人的路。这时候唐妈妈出现了，唐妈妈说，干什么干什么。唐妈妈一把拉住了唐小丫的手，她牵着唐小丫的手穿过了人群，并且把她领回了唐小丫的家。唐小丫的手一直躺在唐妈妈的手里。唐妈妈离开唐小丫家院子的时候，唐小丫叫住了她。唐小丫说，妈。这时候风从很远的地方赶过来，把院里的枣树摇得哗哗地响着。唐妈妈就站在枣树底下，她听到了唐小丫叫她妈，她一下子就哭了。她哭了一会儿，还是迈出了门槛。

唐小丫回家后躺了三天。三天后唐妈妈敲开了唐小丫的门，她又把一双白净的手伸向了唐小丫，轻轻地捧了一下唐小丫的脸。这个温暖的举动，让唐小丫又一次差点哭了。唐小丫觉得，嫁给唐大军不如嫁给唐妈妈。唐妈妈带来了一包用草纸包着的红糖，说红糖是可以调养女人的。唐妈妈走的时候，告诉唐小丫，唐大军要安心在部队工作，唐小丫不用给他回信了。然后她伸出手，捏了一下唐小丫并不丰硕的屁股，说，可惜了，儿子没有了。唐小丫这才想起，算命佬曾经说过的，她的第一个孩子是个儿子。

　　好些天后，唐小丫起床了，走到院子里打了一盆井水洗头。她洗头的时候，看到自己的脸很苍白。她就觉得一个女人活着真累。她脑海里老是浮起那些医生手里拿着的铁器，那些铁器在自己的身体里横冲直撞。她脑海里还会浮起手术床外的一棵泡桐，她喜欢那些淡紫的花朵。唐小丫洗好了头，呆呆地坐在屋檐下。一会儿，院门口多了一个人。他是柳生。柳生说，我要走了。唐小丫说，走吧，走得远远的。柳生说，你恨我吗？唐小丫笑了，送给柳生一个菊花一样的笑容说，我为什么要恨你？

　　柳生后来就走了，背影消失的时候，唐小丫的眼角有了一滴眼泪。唐小丫伸出一只手指头，轻轻按在那滴眼泪上。那滴泪就碎了。

那时候的医院，还不叫医院。叫镇卫生所。

二十五岁

唐小丫在院子里洗头，看枣树一年一年地结下果子。她用竹竿打枣，然后在树下捡枣子，在树下小心地用手擦净枣子的灰尘，然后用细碎的白牙，一粒粒把那些枣子咬碎。枣子的气息，在唐小丫的嘴里回荡着，这让唐小丫感觉到了生活真是不错。

唐小丫一点也没有发现自己的二十五岁已经来到了。她已经是一个老姑娘。她在村里人的眼里，是孤僻的。只有唐妈妈常来，唐妈妈其实是喜欢着唐小丫的，唐妈妈经常给唐小丫梳头。唐妈妈不提唐大军，唐小丫也不提。唐小丫经常去医院门口，看着一座医院一如既往地站在镇东头。她也看那棵路边的巨大泡桐。她在想，如果让自己做了这棵泡桐，她也愿意，那样的话可以看到医院日复一日的灯光。而其实，她差不多就是一棵孤独的树了。

但是做媒的人总是有的。做媒的人知道唐小丫为一个叫柳生的人打掉了一个孩子，然后唐小丫就一直守着自己的小屋一个人生活。做媒的人给她介绍对象，有开船的，有挖沙的，有开炭窑和砖窑的，有做各行各业的，都是那些老大不小的男人。唐小丫就站在院里那棵枣树下笑，唐小丫笑着说，你们把我当成次品了吧。唐小丫一直没有嫁，也一直没去想念唐大军和柳生。

　　媒婆唐二走进唐小丫的院子的时候，唐小丫正在枣树下吃一粒新鲜的枣子。媒婆唐二也用竹竿打下了许多枣子，她连枣核都没吐，就吞下去好些枣子。然后她认真地对唐小丫说，你家的枣子真甜。接着她告诉唐小丫，王进看上你了，王进让我来说媒。

　　唐小丫的眼前就浮起一个叫王进的男人来。王进是外来户，从十六岁开始就生活在唐村。王进不会下田种地也不会上山砍柴，但是王进会做藤椅。他做的藤椅，几乎进入了唐村的家家户户。王进二十八岁了，还没有娶老婆。没有娶的原因是，王进是一个哮喘病人。全村的人都知道，王进会把脖子一伸一伸的，呼吸的声音就像在抽动着风箱。王进很腼腆，他不爱说话。唐小丫其实喜欢腼腆的人，唐小丫想了想，又吃下了一粒枣，然后她说，唐二，你去告诉王进，就说我可以嫁给他。

唐小丫就要嫁给王进了。王进穿着崭新的衣服在家门口迎候着唐小丫，他们没有办喜酒。王进说，你要多少钱办喜酒？唐小丫看了他一眼说，为什么要办喜酒，累不累？王进很高兴，不办喜酒可以让他省下许多钱。王进讨了一个免费的老婆，王进逢人就说，唐小丫是世界上最好的老婆。

唐妈妈来看唐小丫。唐妈妈来的时候带来了一只搪瓷的高脚痰盂，和两把竹壳的热水瓶。唐妈妈把这些东西放在了唐小丫家的柜子上。唐妈妈笑起来的时候，眼睛就眯起了一条线。唐小丫想，唐妈妈一定是一个有福气的人。唐妈妈后来把王进叫到了一边，唐妈妈和王进在说话，唐小丫看到王进把头点得像正在啄米的鸡似的。唐小丫想，唐妈妈真好。嫁给唐大军不如嫁给唐妈妈。

那天晚上，王进伏在了唐小丫的身上。唐小丫从家里带来了许多枣子，她把枣子洗净了，放在一块干净的手帕里。王进伏在唐小丫身上的时候，唐小丫专心地吃着枣子。她觉得枣子真是新鲜与香甜，枣子让她的整张嘴都香了。唐小丫听到了王进粗重的喘息声，她就开始担心王进会不会缓不过气来。如果王进突然死掉了，死在她的肚皮上，她该怎么办？幸好王进没有死。王进很顽强地把任务完成了。王进完成任务的时候，唐小丫还在吃着枣子。唐小丫说，这枣子真甜。

后来唐小丫就怀孕了。怀孕的时候，唐小丫变得更不爱说话，她挺着一个大肚子，时常去医院门口看那棵泡桐。她总是觉得自己的前生一定也是一棵泡桐。王进不放心唐小丫老是跑到镇上去，远远地伸着脖子跟着这个免费的老婆。有一天他看到泡桐树的花落下来，砸在了老婆的身上。他就想，老婆好像不是一个人，老婆是个仙女。

唐小丫要生产的那天，大雪突然就降临了唐村。唐小丫刚刚和她的大肚子一起躺进温暖的被窝，就觉得屁股上湿了一大片。那是羊水破裂了。唐小丫说，王进，我要生女儿去了。王进说，你怎么知道是女儿？唐小丫笑了，说我知道的，就是女儿。你快把我送到医院去吧。

王进推开门的时候，看到了漫天飞舞的雪。这些雪从天空中跌落下来，像是一场落不完的头皮屑。王进在一辆板车上垫了稻草和棉被，然后扶着唐小丫躺了上去。王进又替唐小丫盖上了棉被，再盖上一层塑料纸。王进想，我就要做爹了，我就要做爹了。王进的心里流着蜜一样的东西，所以他在用板车拉着唐小丫往镇医院赶的时候，一直都在哼着歌。王进的嗓子有些沙哑，再加上他的呼吸不畅，所以唐小丫听了好久，也没能听出王进在唱什么。一路上唐小丫都非常地喜欢着那些凉凉的风，和漫天飞的雪。这时候唐小丫感受到了天的大和自己的小，她喜欢这样的小，这样的小简直让她要哭出声来了。然后她看到了灯光，灯光是从医院发出来的。灯光温暖所以唐小丫感到了医院也温暖。医院的大门打开着，一些护士经过了她的身边。她再一次感到，其实做护士真好，可以在白亮的灯光下工作。

唐小丫再一次被医院的气息包围了。她想起了七年以前，她躺在手术床上，为一个叫柳生的男人打掉一个孩子。那时候她觉得自己没有错，就是觉得有些亏。她不喜欢铁器，她只喜欢温暖的东西。而坚硬的铁器还是进入了七年前的唐小丫。唐小丫想，如果那孩子还在，就要上一年级了，就要看着小妹妹出生了。想到这儿的时候，唐小丫的心里有了一丝凉凉的难过。

唐小丫生孩子的时候，又看到了那棵泡桐。那泡桐已经没有了叶片，很萧瑟地站在一堆风里。只有漫天飞舞的雪，在路灯的映照下，围着那棵泡桐跳着舞。唐小丫的心里一片安静，她突然间涌起了强烈的母性。当她看到自己皱巴巴不成样子的女儿，赤条条地来到她面前的时候，她笑了一下。她突然明白，她不爱唐大军不爱柳生不爱王进，她爱的就是从她肚子里出来的女儿。果然就是个女儿。

王进的哮喘病，因为雪地里拉着板车的一场奔跑，再次引发了。他艰难地呼吸着，然后他倒下了。在唐小丫的女儿满月的时候，王进瞪着一双小眼死在了医院里。医生没有能把他救活，他只做了一个月的父亲，就走了。医生告诉唐小丫这个消息的时候，唐小丫就抱着孩子站在手术室的门外。医生从抢救室里走出来，走到她的面前说，病人死了。唐小丫噢了一声，然后她低下头，对怀中的孩子说，你今天满月了。

唐小丫在唐妈妈的帮助下，把王进送上了山。连续落了几场雪，山上的积雪没有来得及化掉。坐在王进的坟边，唐小丫一点也难过不起来。也就是说，王进的死不能让唐小丫掉一滴眼泪。唐小丫坐在被雪水浸湿的坟边，用双手抓着冰凉的泥土，突然觉得这儿真是一个安静的地方。那时候她固执地爱上了坟，以及坟边的那些落下的松针。唐小丫开始坐在坟边唱一首歌，她唱了一个下午的歌。然后她踩着正在融化的积雪下山了。走到村庄的时候，她回头望了一下埋着王进的山坡。她说，王进，我每年都来看你，你就知足吧。多活几年少活几年，是一样的。

唐小丫从王进家破败的屋子里搬出来，住回到自己的家里。唐小丫走出王进的屋子五十步以后，回过头去看那间旧房时，看到的简直是一个夕阳下的老人。这个老人令唐小丫多了儿分伤感。唐小丫决计不再住到王进的房子里，她在几天以后的清晨，抱着女儿去村里德高望重的海老师家。海老师养着很长的指甲和很长的头发，他总是戴着一副老花镜，酸溜溜地一本接着一本地读着书。唐小丫走进海老师的家，说，海老师我想请你帮一个忙。帮我女儿取一个名吧。然后，在很长的一段时间里，唐小丫说着自己生孩子时，看到了漫天飞雪和那棵巨大的泡桐。海老师有些怕冷，他一次次地拿起手，用嘴里哈出的热气为他的双手取暖。然后海老师说，姓王，王进的王对不对？唐小丫说，不姓王，姓唐，她是我的女儿，当然就要姓唐。海老师望着唐小丫，他觉得唐小丫是一个很陌生的女人，陌生得他宁愿相信唐小丫是扬州瘦西湖边的一棵杨柳。海老师叹了一口气，他说这鬼天气，他妈的真冷呀。他被自己脱口而出的"他妈的"吓了一跳，然后他听见自己在说，叫唐时月吧，唐时月，如何？

唐小丫笑了。唐小丫抱着唐时月回到了自己的家中。唐小丫关上自己家的门，把自己的后背靠在了门上。然后她轻声地对唐时月说，唐时月，你以后叫唐时月。我什么也没有，我只有一个唐时月。敲门的声音从唐小丫的后背传来，传达到了她的心房。唐小丫的心房就暖了一下。她想，一定是唐妈妈，一定是唐妈妈来了。

唐妈妈在这个平静而温暖的夜晚，和唐小丫坐在一盏十五瓦的白炽灯下聊到很晚。其实她们没有聊什么，更多的时间里，唐妈妈一直在拨弄着一只火炉。唐妈妈留下了小孩穿的棉衣裤，唐妈妈还说起了唐大军。唐妈妈的儿子唐大军已经在部队成亲了，新娘是一个在当地的棉纺厂工作的团委书记。唐妈妈说这些的时候，唐小丫并没有认真地听，她一直在发着呆，想着漫无边际的医院旧房和泡桐树。她的脸上慢慢绽开了微笑，莫名其妙地说，唐妈妈，镇卫生院现在已经改为镇人民医院了。

唐妈妈离开的时候，黑夜很黑。黑夜一伸手，唐妈妈就不见了。唐小丫站在屋檐下，看唐妈妈在路灯下消失。然后，她看到了院子里那棵萧瑟的枣树。这和结下枣子时生机盎然的那棵枣树，已经显得有些两样了。唐小丫就想，树也会老的。

三十三岁

唐小丫的生活很平静。她用平静的目光看着女儿一寸寸地长大，看着自己长成一个三十三岁的女人。唐时月已经八岁了，唐时月的八岁属于村小那间一年级陈旧而简陋的教室。唐时月读书的成绩很好，这令唐小丫感到自豪。唐小丫很少和别人说话，但是只要一开口，就有可能说，我们家时月的成绩很好的。

唐小丫看着那棵院里的枣树。枣树又活了七年，却没有长高长大，只是有些长老了。唐小丫仍然每年都有枣子吃，让枣子的清香在嘴巴里一次次游荡，这是令她感到异常幸福的一件事。但是有一天，唐小丫吃着枣子的时候，突然看到唐时月捧着自己的肚子，慢慢地把身子扭成了一条大型的蚯蚓。唐小丫说怎么啦你怎么啦？唐时月流着眼泪说，妈妈我肚子痛。

　　唐时月的胃开始了漫长的不舒服。唐时月把自己的胃痛成了一场不可遏制的黄梅雨，她不停地呕吐着，她才那么一丁点儿人，唐小丫怕唐时月一不小心把自己给吐没掉了。唐小丫的眼前就浮起了医院边上的那棵泡桐，并且连续做梦都梦见了那棵泡桐在掉树叶。这是一个令唐小丫很不舒服的梦，醒来的时候，唐小丫就呆呆地望着顶棚。她想到王进已经死了，如果女儿有个三长两短，那么自己这样活着有什么意思。

　　唐小丫带唐时月去村卫生所里的赤脚医生更夫那儿，更夫给唐时月打了三天的吊针，也没能治好唐时月的病。更夫的脸色就有些尴尬，更夫说我怀疑不是胃痛，要不，你去镇上看看。唐小丫什么也没有说，她的眼泪一刻不停地奔涌下来。更夫后来骑来了一辆自行车，说，还是我送你们去吧。然后唐小丫扶着唐时月上了自行车的后座，他们浩浩荡荡地往镇上走去。他们很像是一家三口。

唐小丫经过泡桐树的时候，她抬眼看了一下泡桐树的叶片，她说，泡桐树，我又来了。泡桐树什么话也没有说，只是看着三个人被一家老旧的医院吞没了。一个年轻的医生给唐时月进行了诊断，他让唐时月躺在了床上。后来，他又叫来了好几个医生，他们围着躺在床上的唐时月，小声地讨论着。他们的样子，让唐小丫感到问题的严重性。看上去这些医生，像是要进行一场聚餐似的。唐小丫的额头上不时地冒着汗。她越是冒汗，医生的诊断越是慢。后来那个年轻的医生说，明天县里要来一个专家，我们请专家看看。我们的初步诊断是：紫癜。

唐小丫不知道紫癜是一种什么病。她只知道这病有些麻烦了，她用求助的目光望着更夫。更夫笑了，他的身上散发出药品的气息。更夫是整个唐村最有药品气息的男人，药品气息让男人变得干净。更夫就用饱含着药品气息的声音告诉唐小丫，如果是紫癜，也不碍事的，只是治起来的时间会有些长。那时候唐小丫像一张招贴画一样，把自己的后背贴在了走廊的墙上，缓慢地滑下去。她感到万分疲惫。

整个晚上，唐小丫紧紧地搂着唐时月。她害怕唐时月会像水蒸气一样突然飘走。她把她搂得很紧，看上去像是要把唐时月重新揽回到她的肚子里去。汗水把她的头发粘在了腮边，唐时月睁开无力的眼睛，用手轻轻地替唐小丫捋了一下头发。唐小丫的眼泪就扑扑地掉在了唐时月的脸上。一大一小两个女人开始哭起来，哭着哭着，唐时月不哭了，轻声说，妈，你别担心我会好起来的。唐小丫的眼泪，就更加密集地往下掉了。

第二天专家来了。专家是五十来岁的男医生。男医生很温文，温文而白净，是长久在日光灯下待着的缘故吧。医生为唐时月诊断后明确地告诉唐小丫，是紫癜。唐小丫看了缩在床上的唐时月一眼，慢慢地跪了下来，抱住了医生的腿。唐小丫说，医生，你要救救我女儿，你一定要救救我女儿。你要怎么办都可以，你想不想睡觉，我可以陪你睡觉。

医生俯下身来，望着眼神散乱语无伦次的唐小丫。他伸出了一只宽厚的手，这只手一下子就把唐小丫的瘦手给装了进去。医生把唐小丫拉了起来，温和地笑了。医生说你放心吧，我会治好她的。但是你一定要宽心，你不宽心你让我怎么治？

医生后来走了。唐小丫的目光紧紧地盯着医生的后背，那是一个布满温情的后背。唐小丫想，医生真好。

后来唐小丫在长条凳上坐了下来，此后的很大一部分时间，她什么也没有去想，她的脑子是空的，她的眼睛斜斜地看过去，刚好能看到医院不远处的那棵泡桐。她听到泡桐在风里，很轻地笑了一下。

医生没有让唐小丫陪他睡觉。身体是唐小丫最现成的本钱，但是人家不要这样的本钱。唐小丫在家里看了看，除了四面墙壁仍然坚持原来的姿势站得好好的，其他没有什么值钱的东西了。唐小丫最后看到了屋角的一堆土豆，那是一堆寂寞的土豆。有很长一段时间，唐小丫没有去碰过它们。因为唐小丫住在镇医院里。现在唐小丫把它们装在了篮子里，土豆们就知道了，等待它们的是一场或许是长途或许是短途的旅行。

那位专家再一次来医院门诊的时候，唐小丫把自己穿得干干净净的，她还洗了澡洗了头，她要去谢谢专家。她带着她亲爱的土豆来到了专家的办公室。唐小丫站在门口，像一个十六岁的腼腆姑娘。她的手指关节在红漆斑驳的木门上小鹿奔走一样敲击。专家从办公桌上的一堆纸上抬起了头。唐小丫说，医生谢谢你，唐时月的病好得差不多了，我没有东西可以谢你，请你收下土豆。这是一些长相不错的土豆。专家站起身来，他本来坐在一小堆从窗口洒进来的阳光里，现在他带着这些阳光的气味，走到了唐小丫的身边。他说我不要土豆，我只要病人康复就好了。唐小丫把篮子递给他，医生推开篮子，这一送一推之间，篮子就掉在了地上，土豆们惨叫着滚了一地。唐小丫不忍心听土豆的惨叫，她弯下腰去捡土豆的时候，医生也低下身子帮她捡土豆。医生温和的声音又响了起来，说你们母女不容易的，我从没看到过孩子她爹，我就觉得她可能没有爹。这些土豆，你拿回去，我收下一个，把它浸在瓶子里，让它发芽和长大，算是留个纪念。好不好？

唐小丫在捡着土豆。听着这些话她捡土豆的速度就放慢了，她的眼泪又开始奔涌而出。唐小丫奇怪自己为什么爱哭鼻子了，以前的唐小丫是不知道眼泪是怎么流的。唐小丫后来离开了那个办公室，但是她的心里却荡起了一种温情。她知道自己爱上了这个男人，这种男人不多见的。但是她也知道，自己不可能有这样的福气。

唐时月出院的时候，唐小丫背着她回唐村。路过那棵泡桐的时候，泡桐又在风中轻笑了一下。唐小丫就回过头去，看到了那包着水泥洋灰的灰色医院的外壳，它在阳光下闪着很淡的光。唐小丫背着唐时月继续往家里走，走着走着，一场雨就掉了下来。那是唐小丫三十三岁时，记忆最深刻的一场雨。因为她站在村口的时候，看到了一座被雨完全笼罩了的村庄。路口的一棵树下，更夫撑着一把伞，他好像在等着这对母女。隔着密密的雨阵，唐小丫闻到了药品的气息。在药品的气息里，唐小丫背着唐时月，对着一座村庄的模糊轮廓，放声大哭起来。

三十五岁

三十五岁的时候唐小丫又嫁人了。嫁的人是更夫。唐村属于江南，江南总是有着连绵的雨。唐小丫记得那天正坐在小方桌边剥毛豆。唐二又来了，唐二坐在小方桌边抽烟，她望着窗外的雨阵，咬牙切齿地露出她满口的黄牙说，他妈的，这雨可真够大。这时候唐小丫看到，唐二的半边衣裳都已经湿了。

唐二穿的是一件绣着硕大牡丹的红色衣裳，红得有些触目惊心。其实唐小丫没有和唐二谈话的一点欲望。

但是唐二却滔滔不绝地说了起来，唐二主要是在说更夫。唐二说，更夫是个好男人，更夫死了老婆刚好一年，更夫膝下无儿，如果嫁给他，是多么美好的一件事啊。唐二说这些的时候，她就想起了一个男人，站在村口的大树下，举着一把伞等着她和唐时月从医院回到村庄。她就想起了更夫去年死了老婆，老婆是肺癌，几个月内就死了。出丧的时候，更夫没有哭，而是在棺材里放上了一张老婆初恋情人的照片。更夫说，带走这张照片吧，你一直忘不了他。那时候唐小丫才知道，更夫和老婆的婚姻是包办的，老婆心里一直只有初恋情人。唐小丫那时候觉得更夫是一个很可怜的男人。那天她站在不远的地方，看到一些人在放二踢脚，道士们把一个普通的白天，搞得鼓乐阵阵。唐小丫听到更夫对着棺材说，婉，谢谢你陪了我那么多年，现在我送你上山吧。

更夫没有哭，但是唐小丫却想哭。她突然觉得更夫其实比唐大军和柳生都要好，因为他的心软。女人最怕的是男人心硬。现在，唐二扳着手指头，在一个雨水充足的日子里，历数着更夫的种种好。唐小丫听得有些烦，最后她终于打断了唐二絮絮叨叨的缠足布一样的废话。唐小丫说，是更夫让你来说媒的，还是你自作主张来说媒的？唐二说，是更夫，更夫早就看上你了。唐小丫说，好，我嫁给他。唐二愣了，她嘴巴不停地说着更夫的种种好其实没有一点用处，原来唐小丫想要知道的，只是是不是更夫提出来的。

唐小丫带着十岁的女儿唐时月嫁给了赤脚医生唐更夫。那是一段幸福的岁月，唐小丫经常去村卫生所里闻那种药品的味道。她坐在一张藤椅上，看着更夫为病人们打针，挂盐水，开药，听着村民们和更夫聊天。唐小丫感到很满足，她希望要找的，就是这样一个男人。男人对她很好，不愿意她干活，只愿意她坐着。男人还为她买了一只收音机，所以很长一段时间里，唐小丫就会坐在家里听着收音机里的人，像唐二一样滔滔不绝地说话。不同的是，唐二说的是土话，收音机里的人说的是卷着舌头的普通话。有时候听着听着，唐小丫就会想，我是不是已经老了，我已经老到可以在阳光底下发呆了。

唐小丫和更夫一起生活不到一年的时候，更夫不见了。更夫不见了是因为他跑了。唐小丫记得那是一个雪天。雪天让唐小丫的心宁静起来，她一直都在看院子里的雪，慢慢地变厚。然后唐二就出现在院门口了，唐二的鼻子冻得通红，她说不好了唐小丫，更夫挂盐水把昌伟给挂死了。昌伟是村里的一个年轻人，长得白净腼腆，唐小丫记得他喜欢戴一顶绿色的军帽。唐二说昌伟嘴里冒着白泡，送到镇医院没有一会儿就死了。更夫已经跑了，更夫不跑的话，他的皮一定会被昌伟家的人剥下来做灯罩的。

唐二后来就走了。唐小丫想，更夫恐怕不会再回来了，自己又要和唐时月两个人生活了。黄昏降临的时候，院门被撞开了，院门外聚了好多人。昌伟爹和昌伟兄弟，抬着昌伟的尸体进门了。他们把尸体放在了堂前。昌伟爹说，更夫呢？唐小丫说，他肯定不会回来了。昌伟爹说，他回来的话，我把他的皮剥下来。唐小丫想，昌伟一家果然是看中了更夫的皮。院子里很闹，院子里挤满了人。唐小丫说，你们说吧，想要怎么样？昌伟爹说，更夫不在，你来给我们家昌伟磕头。

唐小丫说，好，然后她就跪了下去，这个黄昏，唐小丫把头磕破了。但是昌伟一家没有让她起来，她只好继续磕。她看到院门口有一个人影闪了一下，那是唐时月放学回来了。唐时月站在很远的地方，看着自己的妈妈对着一个死人磕着头。唐小丫想，唐时月一定被吓坏了，一定要哭了。但是唐时月竟然没有哭，唐时月知道自己的继父更夫已经把一个年轻人医死了。唐时月走到唐小丫身边，拉了一下唐小丫，说，妈你起来，我来替你磕头。

唐小丫说，孩子，这是妈的事，你走开。唐时月说，我不走开，我要替你磕头。你不起来的话，我也跪下来了。唐小丫说，好，那咱们一起磕。唐时月也跪了下去，她的人长得很小，所以她的身体的一大部分被书包挡住了。许多人看到，一只书包在不停地动着。母女俩都咬着牙，她们的额头上都留下了血印。昌伟爹长叹了一声，说你们起来吧，你们把房子留下，你们可以走了。

唐小丫带着唐时月，在这个落着雪的晚上踩着积雪回到了以前的家。更夫医死人了，他没有拿钱赔人家，房子当然就被人家给没收了。唐小丫在回家的路上，一直紧紧拉着唐时月的手。她们的面前，是一个无比安静的黑夜，到处闪着白亮的雪。她们对视了一眼，却笑了起来，笑出了很大的声音。这些声音，在夜色里窜来窜去的。她们没有哭，一滴眼泪都没有。然后她们回到了熟悉的家，推开院门的时候，那棵枣树身上的积雪，哗啦啦地落了下来，像是树的笑声。

四十岁

唐小丫听说更夫去了广州，在一个码头帮人扛包。唐小丫一点也不希望更夫帮人扛包，更夫应该做一个赤脚医生，身上应该充满药品的气味。但是，现在的更夫不是她的了，更夫是一个不可以回到唐村的人。因为他让一个喜欢戴军帽的漂亮小伙子，突然之间在村庄消失了。

唐小丫的生活依然平静。她四十岁了。看到院墙上爬着的藤蔓时，她就觉得那藤蔓不是她，而是女儿唐时月。唐时月已经十四岁，十四岁的唐时月不再瘦弱，人长得高高的，很漂亮。唐小丫望着唐时月的身体，那里面灌满了力量，随时都会爆开来。唐小丫开始对唐时月的身体感到担心。尽管唐时月还没有发育，但是她已经长得有些高了。

唐小丫四十岁时，碰到了两件事。一件事是，唐时月长大了，唐时月长大的时候很慌张，说，妈，有血。

那时候唐小丫在睡一个漫长的午觉，她在迷蒙中睁开了眼睛，看到床前站着一个模糊的身影，这个身影说，妈，有血。唐小丫就坐直了身子，她揉了揉眼睛，看到了站在床前的唐时月。唐时月的裤子上，有一大摊血。唐小丫笑了，说，长大了。

然后唐小丫就帮着唐时月料理了一切。并且告诉她，你长大了。唐小丫突然之间对唐时月感到了某种陌生，总是认为以前的唐时月是她的，长大的唐时月，好像正在从她这儿慢慢地剥离开去。这时候唐小丫的心里就感到了凄凉和悲哀。

唐小丫碰到的第二件事是，她住院了。她的肚子上摸到了一个硬包，就去了医院。她是一个人去的，经过医院边上那棵泡桐时，她用手摸了摸泡桐的树身。她想，做人不如做树。然后她看到了镇医院，已经在外墙上包上了瓷砖。包上白色瓷砖后的医院，在阳光下就更闪着光芒了。唐小丫的眼睛就在这时候被刺痛了一下。然后她进入了医院，找到了医生。她对医生说，医生，我肚子上有一个硬包。

医生让唐小丫躺下来，摸了摸，又让唐小丫做 B 超。然后医生拿着 B 超单对唐小丫说，子宫肌瘤，需要手术。唐小丫就在医院住了下来。动手术的时候，唐小丫看不到泡桐了，手术室比以前高级了许多，有许多灯照在她的身体上。后来唐小丫看到了手术中割下来的瘤，装了满满一搪瓷盆，在这一天的黄昏，无比猩红着。医生说，连同子宫一起摘了。唐小丫闭了一下眼睛，她想，自己只剩下半个女人了。

唐小丫在四十岁动手术的好处是，女儿唐时月已经很懂事，她会照顾唐小丫。她不太爱说话，但是却把唐小丫照顾得很熨帖。这让唐小丫想到了自己拎着一篮土豆跪在医生面前时的情景。唐小丫就想，这个孩子没有白养。

唐小丫出院的时候，是走回家去的。唐时月一直搀着她。走到路边那棵泡桐身边的时候，唐小丫停住了，回过头去看那座医院。唐小丫说，唐时月，妈是不是老了？唐时月说，妈，你不显老。唐小丫说，十多年前，妈在这医院里生下了你，怎么就觉得像是在昨天生的你？唐时月笑了，昨天生我，我能长那么高？那我就是一个妖怪了。唐小丫也笑，她们很缓慢地向着唐村走去，她们走得缓慢是因为唐小丫身上的伤口还是新的。所以，通往唐村的道路，显得无比漫长。像人生一样。

好在唐小丫和唐时月不怕漫长。快到村口的时候，她们不约而同地看到了唐二。唐二的脸上堆起一个向日葵一样的笑容说，唐小丫，你终于回来了。我有事儿找你呢。

唐小丫笑了，说你又来做媒了吧，你除了做媒还会有别的事找我吗？唐二我告诉你，你不用花心思了，我不会嫁人了，因为嫁人一点意思也没有。唐二确实就是来做媒的，她听唐小丫一说，就愣了一下。但是她没有灰心，她说你知道对方是谁吗？是农机站的站长。唐小丫说，站长怎么了？我认识站长，站长长得像武大郎一样高，站长还是个秃头。我嫁给他，你让我搂着秃头怎么睡得着？他那么好，唐二你自己嫁给她吧，我不嫁了。

唐时月大笑起来，她挽着妈妈的手，一起走向了自己的家。她们预计着那棵枣树一定在迎接着她们俩，走到院门口的时候，她们看到的是唐妈妈。唐妈妈手里拎着红糖包，温和地说，小丫，我来看你。

唐小丫的鼻子就那么酸了一下。她拉着唐妈妈的手一起进了院子，两个本来应该是婆媳的女人就坐在枣树底下聊着事。后来唐妈妈走了，她的头发全白了，唐小丫就想，再过些年我的头发和她一样白。唐妈妈走之前，告诉唐小丫。唐大军转业了，在县卫生局里上班。小孩已经八岁了。

唐小丫望着唐妈妈起身，像影子一样飘出院子。唐小丫看到了唐妈妈送来的草纸包着的红糖包，那红糖包像一个可以暖手的小壶一样，唐小丫就一直捧着这个红糖包，想起了她第一次去为柳生打掉孩子时，唐妈妈也送来了红糖包。然后唐小丫开始想唐大军，唐大军曾经送过她插在瓶子里的一束油菜花，现在那束花早就变成泥了。唐大军现在是胖了？瘦了？老了？唐大军一定坐在卫生局干干净净的办公室里办公吧。

唐小丫呆呆地坐在那棵枣树下，唐小丫看到自己家的烟囱举起了一缕烟，那是唐时月在做饭。唐时月是个听话的孩子，唐小丫觉得，唐时月的生命，就等于是自己的生命。

一粒枣子掉了下来，砸在唐小丫的头上。唐小丫捡了起来，用手擦擦，放进嘴里。枣子的清香，马上在她的嘴里荡漾开来。

四十三岁

唐小丫的院子，已经很老了。唐小丫的那棵枣树也老了，但是枣树老了仍然能结枣，这让唐小丫坐在枣树底下的时候感到欣慰。唐小丫四十三岁的某一个夏天的清晨，她在枣树底下梳头发。唐时月从屋里走了出来，她看到唐时月光洁的面孔时，心里就激灵了一下。自己十八岁被柳生骗到田里时，也是如此光洁的面孔吧，怎么就那么快一个轮回了。

唐时月走到唐小丫的身边，说，妈，我来给你梳头。唐小丫就把梳子交给了唐时月。唐时月很认真地梳着头，她还为唐小丫拔下了一根白发。那根白发交到了唐小丫的手里，在风中轻轻地颤动着。唐小丫想，真的老了。然后，在第二天的清晨，唐时月就拉着一只拉杆箱离开了唐小丫，她去温州了。她考上了温州医学院，几年以后，她就是一名医生。唐小丫希望唐时月成为一名医生，因为她对药品的气息很迷恋。如果唐时月当上了医生，她就可以经常去医院看看唐时月。

唐小丫倚在院门边，望着被清晨笼罩着的唐时月一点点远去。她的心一下子空落下来，觉得无边的寂寞就要来临。唐时月去了医学院上学没多久，唐小丫就进了镇医院。她托人找到了院长，说希望找份临时工，因为她要供女儿上大学。院长是个慈眉善目的人，答应了，说那就到医院做护工吧。唐小丫在院长办公室里，望着窗外那些来来往往的人，觉得这做人怎么就像找不到方向的风筝一样，今天不知道明天的事。

唐小丫真正融到医院去了。她的身影每天都出现在医院，她不爱说话，所以她只给病人和医生护士们一个像开水一样淡的笑容。很多时候，她在医院里转悠，看那些挂号的、拿药的人，看那些医生护士间偶尔的调笑，看医院食堂里排队的人们。有时候，她会竖着耳朵听那些哭声，那些哭声总会隔三岔五地在医院里响起来，那是因为医院里时常有人死去。有一天，她看到了一个血肉模糊的人被抬了进来，他是一个壮实的拖拉机手，被血糊住的手臂像水桶一样粗大。但是再粗大的手臂，也没能挡住一辆大货车从他身上轧过。他的嘴角在冒着黏稠的血泡，就连胸口也冒着血，一块脏布扔在了胸口，但是也没能挡住血。一个女人在哭喊着，哭得有些抑扬顿挫。她拼命地摇晃着男人的身体，好像要把男人从生死间的那条线上给摇回来。唐小丫说，你别摇了，你摇有什么用？女人根本没有听到唐小丫的声音，唐小丫的声音最多像一根细细的线一样。后来唐小丫走过去，走到女人的身边，大声说你别摇了，你是不是要把你男人的血全部摇光？女人愣了一下，她不摇了，她可能觉得唐小丫的话是对的。于是她转过身来一把抓住唐小丫的两个瘦肩摇起来，就像唐小丫时常摇院里那棵枣树一样。唐小丫表情木然地望着不远处的那棵泡桐，她看到一片手掌大的树叶掉下来，再一片，又一片，她就一直数着那些叶片。女人的手上，全是他男人身上冒出来的血。那些血落在了唐小丫的肩头，唐小丫轻声说，女人，你把我的肩头弄得血糊糊一片了。我在这儿做护工，我浑身是血的样子，谁还要我做护工？

后来，那个男人死了。后来，那个女人的哭声减轻了。再后来，那个女人就和男人一起消失了。唐小丫想，过一段时间，女人会不难过的，女人会好好生活的。然后，然后唐小丫看到了自杀的人，喝了农药，来洗胃，因为他失恋了。他的女朋友跟了一个更有钱的男人跑了。唐小丫就想，做男人也难。接着，她还看到了许许多多种原因死去的人，他们几乎是排着队进医院的，他们接受了唐小丫目光的检阅，或者说是唐小丫太过于关注这些生命垂危或生命消失的人了。唐小丫还看到妇产科门口的一些小女孩，她们还那么小，她们一定是镇上的中学生，她们看上去比唐时月都要小多了。她们是来流产的，据说现在流产不怎么痛了。唐小丫想，科学真好，科学可以让本来痛的变成不痛。唐小丫就感叹，即便是流产，也是现在的流产比从前的流产幸福。这让她想起了从前的流产，从前的唐大军。唐大军没有碰过她，一个指头也没有，但也许就是因为唐大军没有碰过她，所以才让柳生碰了她。

唐小丫的思绪，在医院的任何角落飘飞。她的目光，也在医院的走廊、楼梯、办公室、病房游移不定。大家都说唐小丫是个好护工，因为她总是细声细语的，她的脸容光洁而和蔼，她很像一个不爱讲话但却亲切异常的亲人。院长在大厅里碰上了唐小丫，院长说，唐小丫，大家都说你不错。唐小丫说，是的，我很不错。院长就愣了，他想唐小丫一点也不谦虚。唐小丫说，我会一直好下去的，我把医院当家了。

这是一句听上去很高尚的话，从谁的嘴里说出来，都有些变味，但是从唐小丫的嘴里说出来，却是真诚的。唐小丫有一次站在了太平间门口，她扶着那堵老墙，想象着太平间里的阴冷。唐小丫想，人死后为什么都会到这里面去，为什么要叫太平间呢，是不是死了就太平了。唐小丫是不可能想透这个问题的。有一天唐小丫在医院的后院里，看到了一只狗。唐小丫经常去后院，因为那儿有一口硕大的缸，据说有几百年历史了。缸上有花纹图案，说是有一个和尚，是在这里面圆寂的。唐小丫就抬起眼，把目光抬得高高的，希望能看到很远的明朝，或者清朝，一个和尚微笑着坐在缸里，慢慢地死去了。唐小丫很喜欢这样的死法，因为这样的死法最安静。现在，这口缸里，盛着早已发绿了的水，水上浮着莲花。唐小丫时常把手伸进水里去，把水舀起来，浇在莲花上。

这是一个不太有人来的后院，开着一些莫名的小花，一些绿色的植物在无拘无束地生长。唐小丫喜欢这样的无拘无束，然后，唐小丫在缸边，看到了一条狗，这条狗已经奄奄一息了。这条狗睁开眼睛，无力地看了唐小丫一眼，好像懒得理人一样，又闭上了。唐小丫蹲下身去，用手捋着狗身上脏兮兮的毛。后来她抱着狗走了，她去食堂找到了张二毛。张二毛是食堂卖菜窗口的，张二毛说，干什么？唐小丫说，我要肉汤和饭。张二毛看到了唐小丫怀里的狗说，这是一只癞皮狗，人家丢掉的。唐小丫看着张二毛的眼睛说，不是的，这条狗从现在开始，叫唐唐，它是我的。

唐小丫从此就有了唐唐。唐唐很快长胖长好看了，而且唐唐的心情也不错。唐唐很忠实地替唐小丫看着院子，和院里的枣树，送唐小丫上班，等唐小丫下班。唐小丫把唐唐看成了儿子。女儿上大学了，唐小丫又认了一个儿子。张二毛说，唐小丫，你为什么养条狗呢？唐小丫说，狗比人差在哪儿？

唐小丫在一个黄昏，看到了一个曾经熟悉的人。那个人被人从一辆救护车上抬了下来，放在轮车上。轮车在快速地前行，一个护士边跑边高高地举着吊瓶。唐小丫看到这个人的身上盖了白单子，脸色很苍白，而且头发居然白了半边。唐小丫看着一辆车，无声地从身边滑过，滑向急救室。唐小丫就重重地闭了一下眼睛。这个男人，叫作柳生。

唐小丫一直坐在急救室的门口。她知道自己早就不爱柳生了，但是她的心还是开始难过起来。至少她以为，柳生不该现在就死。唐小丫一直在急救室门口坐到晚上八点多，急救室的门打开了，几个医生边解下口罩边走了出来。他们在说着一个本镇新闻，是关于镇长和一个开饭店的老板娘的事。唐小丫站起身来，挡在一个女医生面前说，医生，他死了吧。他一定是死了，是不是? 女医生奇怪地看了这个很面熟的护工一眼，说，是的，他死了，心肌梗死。

唐小丫一下子呆了。她重重地坐回到木凳子上。接着，一辆车子推出来。唐小丫知道车上会是谁，知道车子会推到哪一个房间去。脚步声很杂乱，像一场杂乱无章的春雨。唐小丫就被这场声音的春雨淋湿了。突然之间，她盼望着唐时月回到身边。她的脑海里，浮起的是大片的油菜田。一个英气勃发的小伙子，把她压在了身下。而她的身下，是清香的湿润的泥土。她的眼睛里，是装也装不下的蓝天。她听着那个英俊挺拔的小伙子气喘吁吁的声音。现在，这个声音永远在世界上消失了。

唐小丫的心一直难过着。她的胃里开始不停地冒着酸水。这时候她才想起来，自己守在急救室外，还没有吃晚饭。于是唐小丫就去了食堂。食堂亮着暗淡的灯，张二毛在哼一首流行歌曲。但是他没有哼好，他哼得很难听。他回过头来的时候看到了唐小丫，唐小丫的手里举着搪瓷的饭盆。张二毛说，你还没吃饭吗，你看看你，你是不是想看看肚子和背贴在一起是什么样子的？唐小丫却举着饭盆，微笑着说，柳生死了。

四十五岁

张二毛是医院里对唐小丫最好的一个人。唐小丫一个人去打菜时，张二毛从来不收菜票。唐小丫觉得不好意思，后来却习惯了。有好几次，张二毛看唐小丫的目光有些异样。唐小丫感觉出来了，她并不对张二毛反感。张二毛的儿子在杭州开着一家软件公司。据说生意做得很大，而且反对他去当厨师。但是张二毛还是当了厨师，他喜欢厨房，他觉得不在厨房待着会生病的。所以有一天，张二毛在食堂里，非常含蓄地对唐小丫说，要不要我天天烧菜给你吃？

唐小丫转过身，盯着张二毛哧哧地笑了起来。张二毛的老脸一下子红了。张二毛用手抓抓头皮。唐小丫喜欢张二毛的这种腼腆。有一天晚上，唐小丫坐在走廊的长条椅上，四周没有一个人。张二毛走了过来，张二毛手里拿着一只饭罐。张二毛走到长条凳边也坐了下来，把饭罐一放说，这里面是笋干烧肉，我亲自烧的，味道一定很好。唐小丫没有去看饭罐，而是抬起头，望着天花板上的一盏灯，灯的周围，有许多小虫在疯狂地跳着舞。唐小丫对着灯光说，你一定是想说些什么吧。

张二毛说，是的，我是想说些什么，我想说，我们两个孤男寡女的，都寂寞，你看我们能不能在一起？

很长的时间里，唐小丫什么话也没有说，她看着那群虫子跳舞。她一直在想，那群虫子累不累？后来张二毛把手伸过来，他用手抓住了唐小丫的手，害怕唐小丫会突然跑掉似的，紧紧地抓着。唐小丫叹了一口气说，我得问问唐时月，孩子大了，我得问问我们家时月。张二毛说，那我也问问我们家张爱梯，大家都说他那是爱梯行业，都叫他张爱梯了。唐小丫笑了起来，爱梯，多奇怪的名字。

第二天中午的时候，唐小丫就拨通了唐时月的电话。唐小丫绕了一个很大的弯，问了女儿一些情况，然后她鼓起勇气说了，说张二毛你知道吧？唐时月说我知道，你不是经常提起张叔叔吗？你替我向他问好。唐小丫说，你张叔叔说，想，想和我一块儿住，有个伴。唐时月在电话那头沉默了好久，然后说，妈，咱们别再吃人家免费的小菜行吗？后来，唐时月把电话挂了，唐小丫一直捏着话筒不肯放，好像在等着唐时月回心转意。

这一个漫长的夜晚，唐小丫和张二毛傻愣愣地坐在医院空无一人的走廊。他们其实只说了开头的几句话。唐小丫说，唐时月不同意我们在一起。张二毛也说，张爱梯不同意我们在一起，张爱梯说，年纪大了怎么还要想这种东西。我说什么东西？张爱梯说，女人呀。然后张爱梯就把电话挂了。唐小丫笑起来说，你们家张爱梯，不是个东西。张二毛也认真地说，是的，我也觉得他不是个东西。

后来两个人就不说话了。张二毛一直将手盖在唐小丫的手上，他们就这样一直坐着，坐到了天亮。天蒙蒙亮的时候，张二毛站起了身子，对唐小丫说，我要离开了，去杭州。我儿子让我去杭州。我也不想待医院了，我怕看到你又不能和你在一起过日子，心里会难过。我怕切菜时，切下手指头。烧菜时，烧煳了。所以我还不如离开。唐小丫认真地看了张二毛一眼说，那你走吧。

张二毛果真走了，在走廊上慢慢地决然地离开，在楼梯口拐了一个弯，他下楼了，消失了。就像从来没有出现过一样消失了。唐小丫的心里，就难过了一下。这时候她才发现，现在她除了唐唐，仍然是什么也没有的。

唐小丫去了医院的后院，那儿仍然空无一人。早晨的空气很清明，那些植物和泥土的潮湿气息，往唐小丫的身上扑去。唐小丫走到那口大缸边，仍然把手伸下去，舀起一捧水，浇在了那朵睡莲花上。

四十七岁

张二毛消失了。唐小丫又在医院待了两年。女儿唐时月就要毕业了，她还交了男朋友，她寄来了男朋友的照片。男朋友戴着眼镜，脸色白净，很温文地站在一张彩色照片里，对着唐小丫腼腆地笑着。唐小丫很开心，一开心就在家里当着唐唐的面落下了眼泪。她真正意识到，女儿将不再是她的了。她真的就只有唐唐了。

唐小丫去找了院长，因为唐时月想要找工作，找工作不是一件很容易的事。唐小丫坐在院长室的人造革沙发上，说，院长，我们家时月成绩很不错的。院长说，噢，成绩很好呀，在哪儿上学？唐小丫说，在温州医学院，就要毕业了，我找院长，就是想为她在咱们医院里找一份工作。院长想了想说，院里倒正想进几个人呢，这样吧，先来医院实习，然后看她的业务水平和表现再定，你说行不行？唐小丫说，好的，谢谢院长了。我女儿的男朋友也是学医的，也是本科生，你看能不能让他们都在咱们医院里实习。院长点了点头说，唐小丫你可真行啊，你这是一拖三。唐小丫笑了起来，说，谁让院长心地善良呢。院长说，不过我告诉你，新院长就要调来了，如果我走了，走之前我会和新院长交代的，让他收下你的女儿和女婿。唐小丫忙纠正说，那不是女婿，是女儿的男朋友。院长说，现在什么年代？女儿的男朋友，早就是你的女婿了。唐小丫明白院长指的是什么，脸就红了一下。

　　唐时月就要回来了，唐小丫很开心。唐小丫在一个初夏的清晨，站在院子里用竹竿打枣子吃。她的心情变得很好，她很开心地吃着枣子，很开心地和唐唐说再见。然后她去了医院，她要去医院上班。经过路边那棵泡桐的时候，她停了下来。她走到泡桐身边，对泡桐说，泡桐，唐时月就要回来了。以后，唐时月也要经常地经过你的身边。泡桐什么也没有说，只是不停地落下一些淡紫的小花来。一会儿，唐小丫的脚边就落了一地的花。唐小丫小心地抽脚出来，她怕踏碎了那些花。然后，她离开了泡桐，向医院的门诊大楼走去。

唐小丫仔细地站在医院的大门口，认真地盯着那个大大的鲜红的"拆"字看着。这儿，将有一条高速公路要通过，据说省里要建四小时交通圈。唐小丫想，这座有着尖顶的医院就要不见了，以后在这儿出现的是一条像消防水带一样扔向远方的水泥路。唐小丫觉得有些惋惜，那是她流产的医院，生孩子的医院，切除子宫的医院，工作的医院，有着短暂爱情的医院。唐小丫这样想着，就伸出手去抚摸着粗糙的墙壁。她觉得，医院像一位亲人。

唐小丫后来出现在病房，她像一枚亲切而温暖的金子一样，替病人料理着一切。她一点也没有想到，唐二会到医院来找她。唐二站在楼梯口，截住了唐小丫。唐二笑着，说，小丫。唐小丫也笑了，说，唐二，我最近不想嫁人。唐二说，谁让你嫁人了？我告诉你，是更夫回来了，更夫从广州回来了。他是扒火车来的，他说苦够了，就是被昌伟一家打死，他也要死到家里来。但是他不小心从车上跌下来，一条腿被火车轧断了。

唐小丫一下子愣住了。她一点也没有想到，更夫和他的药品的气息，还会回到村庄里来。唐小丫的脸上，浮起了一个男人的影子，这个男人胡子拉碴，用一条腿站在唐村的大地上，正等待着唐小丫的归来。唐小丫想，我得回去，更夫回来我如果不回去的话，我还算不算人。她请了假，匆忙地奔下楼去。在楼梯口，她碰到一个男人。男人的头发微秃了，长得很壮实的样子。男人说，同志，我想问一下院长室怎么走。

唐小丫胡乱地指了一下，就要往楼下奔跑。但是她又突然停住了，她缓慢地转过身去，看到男人也转身在看着她。男人就是唐大军。唐大军说，唐小丫，我们多少年没见了哇。唐小丫的鼻子一酸，差点就要哭出声来。唐小丫想起了，三十年前，唐大军送给她一束插在盐水瓶里的油菜花。那是陈旧的爱情了，陈旧得应该是褪了颜色了。唐大军的嘴唇动了动，轻声说，小丫，你在这儿干活吗？唐小丫说，是的，我是护工。唐大军说，我被调来这儿当院长，我是来交接的。

唐小丫愣了一会儿，然后她就笑了起来，她在想为什么该来的都在同一时间内到来了。唐小丫说，好，以后你就是我的领导，你多关照我。唐大军说，咱们医院马上就要搬到新大楼去了，你知道吗？唐小丫说，我知道的，搬到哪儿，都还是医院。唐小丫又说，我要走了，好像更夫回来了。

唐小丫没有再说什么，她仍然像一只飞奔的鸟一样，俯冲下楼去。但是她知道唐大军一直在看着她，唐大军的目光在她的身后织成一张巨大的网，抛起来，罩下来。唐小丫终于冲出了这张网，冲出了医院，冲向亲切的唐村。她的脑海里，乱成了一团，一会儿是更夫，一会儿是唐大军，一会儿是唐时月，一会儿是唐时月的男朋友。她想着自己阴差阳错的人生，就觉得有些难过。然后，她经过了一个石宕。石宕正在放炮，响亮的哨声早就响过了，但是走神的唐小丫没有听到。唐小丫继续往前走着，她听到了一声巨响，一抬头，一块巨大的石头向她扑来。她本来想笑一下的，但是她没有时间笑，就倒下了。石头击中了她的身体，血就喷涌了出来，一下子把那块石头给染红了。

唐小丫被送往了医院。她听到了许多嘈杂的脚步声，她还听到了唐大军的声音。唐大军正在命令着医生，一定要把唐小丫救活。听到这样的话，唐小丫就感到了温暖。也许唐大军确实就是爱着自己的，如果没有柳生，她的命运就整个地改变了。医生正在做着术前准备，一会儿，唐小丫看到了两个人。他们是匆匆赶来的。一个人是更夫，他果然变老了，他身上一点也没有药品的味道了，他神情木讷地拄着拐杖站在唐小丫的面前，手足无措地不知道该说些什么。另一个人是唐妈妈。唐妈妈的头发已经全白了，唐妈妈俯下身去，紧紧地握住唐小丫的手，把嘴巴贴近唐小丫的耳边，轻声说，孩子，我给你准备了红糖包，等着你出院呢。

那温暖的红糖包让唐小丫的眼泪一下子流了出来。她的嘴唇动了动，喉咙里发出了嘎嘎的喑哑的声音，那是一些血泡在喉咙里翻滚着。唐小丫几乎用尽了全身的力气，叫出了两个字：妈妈。

然后，唐小丫就被医生推进了手术室。推进手术室以前，她看到白发苍苍的唐妈妈，正在抹着眼泪。她就笑了，想，唐妈妈这么大的人了还哭。

唐小丫在手术的时候，听到了流血的声音。流血的声音，就像河水的声音。唐小丫想，原来血的声音是这样的。她一直在想着，唐唐呢，唐唐没有了她，晚饭去哪儿吃？唐唐怎么可以没有了妈妈呢？她还在想，那棵泡桐，怪不得在早晨的时候落下了那么多花。如果泡桐是一个女人，那一定会成为她的好姐妹。她还在想，唐时月呢，唐时月一定和男朋友一起，正从温州赶往唐村吧。唐小丫还想到，自己和医院，一直都没有分开过，自己一直都是医院里的人。其实她不喜欢新医院，那座新医院的大厅里，居然还有电梯。她喜欢的是老旧的医院，她喜欢着旧医院上空的尖顶，喜欢着后院的那口大水缸。后来，她就什么也不想了，因为她听到一个医生说，通知家属，准备后事。

医生说得很简洁。唐小丫拼命地挤出了一滴眼泪，和自己告别，也和医院告别。唐小丫最后的心电图上的显示是：再见，医院。此后，就是一条直线，那条直线是唐小丫通往另一个世界上的，路的开始……

「手 相」

1

在一家叫作尚典的咖啡吧里，我认识了一个会看手相的女人。

南方小城的秋冬，仍然有着绵密的雨水。我们都是生活在雨水里的人，这样的雨水，让我的心感到欢快。我常常撑着伞，走在小城的一条江边。江面上迷迷蒙蒙地飘着雨，有那种虚幻的感觉。尚典就在江边的一条马路上，尚典微笑着说，你进来一下吧。我就收拢伞走进了尚典。咖啡的清香长了脚似的跑过来，抱住我的胳膊和腿往里面拉。服务生没有微笑，他的眼泡肿胀着，一定是昨晚没有睡好，或者是和女朋友有了过度的纠缠。服务生说，先生你跟我来。我跟着服务生走，穿过一条长廊，到了9号包厢。包厢门上，是红色的阿拉伯数字

"9"，像一条红色的大肚皮蝌蚪拖着尾巴。我迟疑了一下，推开门。门里跳出一团昏黄的灯光，无比泛滥地往我身上靠着。

女人笑了一下，她在抽烟。她像一朵盛开的罂粟花，她穿着暗红色的旗袍。她有些像港台片里一个叫李丽珍的演员，脸型也是圆的。我站在门边，给她取了一个名字，就叫李丽珍。她当然不叫李丽珍，但是我在心里叫她李丽珍。李丽珍说，我知道你会来的。李丽珍的声音很圆润，像珍珠落地的声音。我在李丽珍的对面坐下来，我一直在注意着她暗红的旗袍。旗袍上绣着艳丽的牡丹花，有些妖冶，也有些阴森。她的脸看上去有些青，也许是因为灯光昏黄的缘故，也许是她的脸色不是很好。她吐出了一口烟，重复了一句，我知道你会来的。

我叫了蓝山。但是据说，这儿的蓝山，并不纯。小城里的东西，假货太多了，连女孩子都有很多是假的。我小口品着假蓝山，头低着，眼睛却在看着李丽珍。她的眼睛很大，向上看时，有那种妩媚的味道。她已经有了眼袋了，也许是晚上迟睡的缘故。她应该有二十八岁了吧，二十八岁的女人，我有把握拿捏得住。很长时间里，我们都没有说话。她喝的是一杯绿茶，是一种本地产的叫作绿剑的茶叶。大部分时间里，李丽珍都在抽烟，把烟吸进去，又吐了出来。小小的包厢里，都是烟的味道。我觉得眼睛有些不适应，眼睛敌不过烟，眼睛最后流下了一些眼泪。李丽珍笑了，说男人不抽烟，简直不像男人。我点点头说，你说对了，我不像男人。李丽珍把烟蒂在烟缸里揿灭了，她的手指头很长，白而纤细。烟灭了，但是烟雾却没有散开去。烟充满了包厢。

我说，为什么是9号包厢？李丽珍说，我喜欢9号，我们都是需要拯救的人。我说，你怎么知道我一定会来？李丽珍笑了，说，因为男人好色。来过9号包厢的人，太多了。我说，你都替他们看手相？你都不认识他们？李丽珍说，是的，都不认识，我只是随便地乱发短信，碰到是男的，我就说，我会看手相，你来尚典9号包厢好不好？和你一样，几乎所有的男人都会来。有一个男人接到短信后没有来，后来我才知道，他躺在病床上，刚动完小肠疝气手术。我笑了起来。李丽珍说，你严肃点，看手相是一件严肃的事。我就不笑了。

一个小时以前，我还在屋子里看一部三级片。我经常和女朋友想想一起看三级片，看着看着，我们就自己演三级片，把自己都演得很累。我一直以为，有段时间我持续耳鸣是因为我的体力跟不上想想的缘故。但是一个小时以前想想不在我身边，她接了电话后出去了，说老同学找她聚会。现在，她一定在某个茶楼里发出响亮的笑声，和同学们谈笑风生。一个人看三级片，让我有些百无聊赖。这时候一条短信，像一条鱼悄悄潜进深潭一样，潜进了属于我的水域。鱼闪着蓝光，鱼说，我会看手相，你来尚典 9 号包厢好不好？我说，你发错了。鱼说，没有发错，找的就是你。我说，你男的女的？鱼说，女的。我对着鱼笑了，我说，好的，我来。

出门前我看了一下窗外。窗外飘着绵密的秋雨，或者，应该算是冬雨了吧。我盘算着一场艳遇的发生，这让我又重新回味了一下三级片里的情节。我挑了一件灰色的风衣，挑了一把画着广告的伞。广告上说，有一种方便面很好吃，我就顶着方便面的图案在街上行走。雨拼命拍打着方便面，却始终没有能够把方便面给泡涨。然后，服务生领我进了 9 号包厢。然后，我见到了一个艳若罂粟的女人。李丽珍的眼睛，扑闪着，微微上吊，像狐狸的眼睛。李丽珍是一匹红色的狐狸，在看到她露出妩媚的笑容时，我更坚定了自己的想法。

　　李丽珍又点了一支烟。李丽珍是一个抽"圣罗兰"的女人，她划亮了一根火柴，像个老烟鬼一样，拢着手，拢着一星点的火。火把烟和她的脸照得红彤彤的，火让我看清了她眼角的鱼尾纹和脸上细微的雀斑。但是，她仍是一个不失为漂亮的女人。我等待着这个女人来到我怀里，像等待一次成长一样。李丽珍像老烟鬼一样吐出一口烟。右手轻轻甩了甩，火柴的火焰灭了。火柴半黑半白的身体，躺在了烟灰缸里，像一具尸体。李丽珍很轻地笑了，向我喷了一口烟说，别介意我抽烟。我摇了摇头。她又说，我给你看手相好吗？让我来给你看手相。

　　我的右手伸了出去。李丽珍摇摇头。我缩回右手，伸出了左手。李丽珍说，男左女右都不懂？她的声音在烟雾里穿行，她的声音和她的长相是一种完美的组合。李丽珍伸出了一只手，这是一只没有骨头的手，白嫩，绵软，有着极好的造型。我相信，她的手，比想想的手好看一倍以上。我的手躺在了她的手中，就像我躺在她的怀中一样舒坦。她的绵软，是一种力量，可以轻易摧毁坚硬。我的手以前很粗糙，是因为我经常干活。现在好多了，是因为我经常背着一只包。我在做生意，生意不大也不小，够小康。小康让我的手也变得小康。现在小康的手躺在了李丽珍的手中，幸福地颤抖了一下后，平静下来。

李丽珍一边抽烟，一边替我看手相。她找出了我的生命线和爱情线。我相信，我的掌心，有着零乱的纹路，所以我想这一生我一定会吃许多苦。李丽珍说，你的生命线我不感兴趣，让我看看你的爱情线。她的声音很平缓，像从遥远的天边掉下来的一样。她说，你看看，你的爱情，有那么多分叉的地方。你在中学的时候，爱过一个女同学。我点了点头。她又说，这之前，谈过两至三次恋爱。我又点了点头。她说，你现在也在恋爱，或将要恋爱。而你以后，会有无数次恋爱，婚内和婚外的。她的大眼睛盯着我，仿佛在急切地等待我的肯定。我笑了一下，我说，你这不叫看手相，每个男人都会有这样的经历。李丽珍显出了失望的神色，说，不叫看手相，叫看什么？我说，叫胡闹。你应该看出我以前受过苦，因为有那么多还来不及隐匿的老茧。李丽珍面容惨白地笑了，说，我确实不会看相，我只是在玩着游戏而已，你一定知道，我很寂寞。

李丽珍是寂寞的。那么，谁是不寂寞的？

　　李丽珍放开我的手时，我却一把抓住了她的手。我说，现在轮到我给你看手相了。我移开了假蓝山的杯子，然后把她的手拖到我的面前。我用左手握住她，右手的食指在她掌面上的纹路上走着。她的手指头，匀称，绵长，白皙，能隐约看到青色的血管。她的手指甲留长了，闪着淡色的光。后来我把脸埋在了她的手中，她想挣脱，却没有能挣开。我的脸埋在她手中时，嘴巴发出了一声呜咽。然后我抬起了头，问，你二十八？她坚定地摇了摇头说，错了，我三十七岁。我说，你属什么？她说，属猴。今年，是本命年。她的另一只手，在脖子处抓了抓，终于从怀里抓出一块玉猴。玉猴的身体，和一根红色的丝线连在一起。玉猴说，我是玉猴，相当于一岁，十三岁，二十五岁，三十七岁，四十九岁……我相信她三十七岁了，但是，她看上去最多只有二十八岁。

　　我缓慢地放开了李丽珍的手。李丽珍回复了常态，又对我喷烟了。李丽珍的话和李丽珍的烟，同一时间抵达我的面前。她说，失望了吧。我盯着她的眸子看，有挑衅的味道。我说，不，兴趣很大。李丽珍的眼帘，就迅速地低垂了下来，长长的睫毛一闪。

这个雨天在尚典的 9 号包厢里，我和一个妖冶而寂寞的女人，面对面地坐着。我们都没有说话，我看着她抽烟，和喝那种叫作绿剑的茶。茶叶在长长的杯子里浮浮沉沉的，像一群绿衣少女的舞蹈。她有时候用双手托腮，有时候在椅子上斜坐着，有时候把整个身体都靠向椅背，有时候定定地看着我。我像一个木头人，我在想，想想，她现在一定很开心地和同学们在一起。李丽珍在十一点的时候，站起了身。这时候我才发现，原来她的个子很高，足有一米七，这让我显得有些局促。一米七的女人，需要一米八五的男人，才有足够的自信站在她的身边。她笑了一下，轻柔地说，你送我回家吧。她的声音在包厢里飘散了，像一阵烟。她的声音，让我浮想联翩，有了暧昧的味道。我在等待一场艳遇的发生。

2

我和李丽珍走在雨中。我在想，此刻想想是不是正开车往回赶。我们有一辆白色的本田飞度，十万多一点的价格，是最便宜的那一款。李丽珍没有带伞，她抱着膀子，我的手就落在了她圆润的肩膀上。雨不大也不小，丝丝缕缕的那种。她把身子往我身上靠了靠，在我们走路的时候，就有了髋骨间的相互碰撞。这种有意无意的碰撞，让我的胸腔里溢满了柔情。我搂着她肩膀的手，就加大了力量。她终于把头靠在了我的肩膀上。

有很长一段时间，我们在铁道上行走。浙赣线通过了这座小城，让小城也有了一个小小的站台。铁道旁边长满了杂草，我们能闻到杂草的气息。很久了，都没有一辆车来，我们踩在枕木上，高一脚低一脚地行走。信号灯泛着红色的光，一团雨雾就在光晕边停留着。我们的身子靠在了一起，而且，我们的身子，显然至少有一半已经打湿了。我不知道，我们为什么不说话，我想，一定是因为我们本来是不认识的，而现在仅仅是刚认识而已。但是她是一个性感妖冶的女人，她的妖冶令我蠢蠢欲动。

一套小别墅坐落在铁道旁不远的山脚下。别墅背后，是黑黢黢的山。我很深地望了黑黢黢的山一眼，我在想，黑暗里一定藏着一些什么。比如一场阴谋，一个妖精，一种力量。别墅的铁门上有着斑斑的锈迹。李丽珍把自己靠在了铁门上，她抬起眼睑看着我，她已经整个都袒露在雨中了。李丽珍说，上去坐坐吗？我点了点头，我想这话里有诱惑的味道，所以我点了点头。李丽珍把身子转了过去，她掏出钥匙开铁门。她手里，是一大串的钥匙，握着钥匙就像握着一只刺猬一样。然后，铁门开了，我们隐身进入了铁门，像进入另一个世界一样。

在别墅的二楼大厅里，李丽珍让我坐在一张椅子上。我看到她匆匆进了房间，一会儿，她又出来了，她一定刚刚洗了一个热水澡，现在，她穿着的是淡色的睡袍。她坐在我的身边，说，你先洗个澡吧，我给你准备睡衣。她的头发，是湿漉漉的。她在用双手整理着头发，一些细小的水珠，就相继落在了我的脸上。我的手伸过去，落在她的头发上。她的头发染成了微褐的那种，稍稍有些卷曲。我摩挲着她的头发，她抬眼看看我，眼神里含着笑意。她轻声说，去吧。

我也冲了个热水澡。我的衣服全湿了，衣服被我扔在地上，像是一堆蛇蜕下的皮。它们是潮湿的，它们让空气也变得潮湿。我穿上了温暖绵软的棉睡衣，穿上了棉拖鞋。李丽珍为我扣上了扣子，李丽珍说，这是我老公的睡衣。我说你老公呢。她说，出差了。我说去哪儿出差。她说，你管不着。她说管不着的时候，显然对我的口唆有些不耐烦了。我没有再说话，她看了我一眼，说，很远的地方。

这是一个干净的黑夜。客厅里开了暗暗的灯。我们坐在真皮沙发上，我一直都抓着她的手。我喜欢她的手，我相信她不是一个合格的看手相的人，但是她却是一个合格的美女。她比我整整大了七岁，但是我一点也没觉得她比我大多少。后来她离开了我，她坐到了大厅的钢琴前，她开始弹琴。我突然想起一部叫《夜半歌声》的电影，望着她的背影，望着她的睡袍，望着她的披散着的长发，我突然想，她会不会不是人。钢琴的声音响了起来，是《月光曲》。但是这个时候没有月光。我走到了窗前，一列火车刚好轰隆隆地开过来，它的灯光穿过了雨阵，再顽强地穿过了窗玻璃，投在客厅里。火车头的强光，在李丽珍的脸上一闪而过。我突然发现，她的脸色那么青。我想，我的脸色也一定青了起来，我想，我可能撞到了一个女鬼。这个时候，我还看到了客厅上方的蛛网，一只硕大的蜘蛛缓缓移动了一下身体，又不动了。

琴声停止了。我回过头去，只看到李丽珍的一只眼睛，她的半边脸，被长长的瀑布一样垂下来的头发遮住了。她睁着的眼睛，空洞地毫无内容地望着前方，然后在很久以后，再发出一声轻微的叹息。她说，家邦，你不应该喝那么多酒的。我在努力地想着，刚才我握住她手的时候，她的身子靠在我身上的时候，是不是有温度的。我想，她的手是温热的，她应该是一个人。但是，楼下别墅的大门为什么是锈迹斑斑的？大厅里为什么四处是蛛网？这儿，是不是废弃的别墅？我又看到了我脱下的那些湿衣服，它们透着一股凉意，它们像我的一层皮，被剥下来扔在了地上。我想，我完了，我大概回不到想想的身边了，大概不可能再和想想一起看三级片和缠绵了。我的喉咙有些干，眼睛发直。我已经不知道该做些什么了。而我垂在腿边的双手，分明是在颤抖。

李丽珍离开了钢琴，她走到了我的身边，她依偎在我身上。这时候我又感受到了来自她身体的温度，让我的心稍稍安了一下。然后，她的一只手捉住我的右手，另一只手，拍打着我的手。李丽珍说，你结婚了吗，还是有女朋友了？我说，我有女朋友，她叫想想。李丽珍说，你要对她好。我说，我对她很好的，我们常在一起看三级片。李丽珍哑然地笑了，说，我没问你有没有看三级片。

后来我们又坐在了沙发上。我们都没有说话，却能听得到偶尔开过的火车，火车车头灯的强光，会在大厅的墙上转一圈，然后又跑掉了。除此之外，就是窗外沙沙的雨声。南方的小城，一年四季里，有很多这样的时候，被雨水浸泡着。把南方人的性情，也浸泡得很温和了。她一直牵着我的手，她的手指头仔细地抚摸着我的指节，一节一节，像是在进行一场清点。我计算着和想想之间的距离，计算着我和尚典咖啡的距离，我觉得我和现实已经很遥远了。李丽珍开始摸我正在渐渐隐去的手上的老茧，她会在老茧上停留很长时间。她说，家邦，你以前也有过很多老茧的。我问，家邦是谁？李丽珍笑了，说，是我先生。

原来李丽珍老公的名字叫作家邦。我总是觉得，这个名字有很熟的味道，或许在某一场电影，或是某一本小说书里出现过。我突然想，现在想想怎么样了，想想是不是已经回家了。天色渐渐开始亮起来，李丽珍悄悄离开了我，一会儿，又出现在我的身边，手里托着干净的衣服，柔声说，你换上我老公的衣服走吧，天快亮了。

　　我知道天快亮了，但是天快亮了有什么关系？我说，你怕我出去时被人看到？她想了想，她把两只手藏在了身后，身子靠在了酒柜上。她说，不是，因为我是鬼，天亮了，我就要消失。我故意大笑了几声，突如其来跌落在大厅里的笑声，把她吓了一跳。她失望地说，我真的是鬼，是一个怨鬼。我说，那你的身体为什么是热的？李丽珍愣了一下，随即又说，其实我没有完全死去，但是我总是灵魂出窍。在一年前的一个雨夜，我就成了鬼。你要相信我，我经常出现在尚典的9号包厢，你想一想，9号包厢是不是有一点阴森和潮湿，没有窗户，幽暗？

　　我开始相信一个女人的话，如果她的话成立，那就是我遇到了一个女鬼。我没有接过她递给我的衣服，我快速地脱掉了睡衣，赤条条地出现在她的面前。她没有回避，只是安静地看着我。我迅速地把地上的湿衣服穿在了身上，又套上了灰色的风衣，然后抓起了我的那把印着方便面广告的雨伞。李丽珍没有送我下楼，她只是在我经过她身边时，突然伸出了手。她的手和我的手，碰在一起，手指头相互勾着。我分明能感觉到她的手指头传递过来的热量。然后，她松开了我的手，我下楼了，我出了院子，我走出了铁门。然后，我站在别墅的门口，看到一列火车举着雪亮的灯光轰隆隆地开过来。灯光穿透了我的身体，把我照得通体雪白。我的眼睛眯了起来，在强光下有了瞬间的黑暗。等我再次回过头去，望那别墅的二楼时，发现本就暗淡的灯光，已经熄了。一个黑影，在窗前闪了一下。

我被湿漉漉的衣衫包裹着，这令我走路的时候放不开脚步。在天明之前，我还是赶到了住处。打开门，进入卫生间，脱掉衣衫，再冲了一个澡，换上干净的睡衣。上床的时候，愣了一下，想想到现在还没有回来。她或许在她同学家里睡了，凌晨，我不应该打电话吵醒她。我觉得我的身体无比虚弱，像遇到了一场大劫。我相信，我的脸色一定很难看。我沉沉地睡了过去，一直睡到第二天黄昏。醒来的时候，想想站在床前，歪着头笑。我也疲惫地笑了一下，拉了一下想想的手。想想跌倒在床上，她就躺在我的怀里。我闻到了她头发丛中的烟味，有时候，想想也抽烟的。我说，你抽烟了。她点了点头。

3

那天傍晚，我带着想想去铁路边散步。夕阳抛下许多柔光，柔光令钢轨闪闪发亮。我和想想的脚就落在钢轨上，我们故意把笑声遗落下来，多么像一场电影里做作的爱情。后来我就一直拉着她的手，我想去的地方，是那幢小别墅。

小别墅的背后，仍然是山。我牵着想想的手，站在锈迹斑斑的铁门前。铁门上有一块蓝底的门牌，龙山路9号。我对着这块门牌发愣。想想拉了一下我的手，想想说，你怎么啦？我说，你觉得，这幢别墅住不住人？想想坚定地说，不住。我把眼睛贴在了铁门的缝上，我看到了小院子里的荒草，荒草中间，是一条石子路。昨天晚上，我就是从这条石子路上进别墅，又从这条石子路上出来的。

一个老头走了过来。老头的腰弯得很低。在小城，我们把这叫作乌龟风。这是一种病，这种病令老头子抬头都显得吃力。老头的眼睛是浑浊的，我在怀疑老头这

样一双眼睛，能不能看清我和想想的长相。他的嗓音也
是喑哑的，他说，这里没人住的。我们没问他这里有没
有人住，他却说，这里没有人住的。他又说，这是李家
邦的宅子，已经一年了，没有人住。我说，家邦是谁？
他说，你居然连家邦也不知道啊，他是本地的大老板。
一年以前，他就死了。他又仔细地看了看我，说，年轻
人，你碰到不干净的东西了，你得注意啊。

　　老头子仍然弯着腰离开了。我也牵着想想的手离
开。在回去的路上，想想迟疑了好久说，你是不是心里
有事？我笑了，说，没事。想想说，你的脸色不太好，
你应该好好休息一下了。我说，好的，我会注意休息
的。然后我们就无话了，我和想想间的无话，令我感到
别扭，但我实在是想不出应该说些什么。我想，是一个
会看手相的女人，让我的一切，开始有了些微的变化。

　　几天以后，我仍然一个人在看碟。我没有看三级
片，我忽然对三级片没有了兴趣，对想想身体的热情，
也比以前消退了。想想有一天半夜里弄醒了我，想想盯
着我的眼睛说，你老实告诉我，你是不是有了别的女
人？我坚定地摇头说，和你没谈恋爱时，有一些，和你
谈恋爱后，就你一个人。想想委屈地说，但是我觉得我

们好像不对劲了啊。我的心里有了一些歉疚，于是试着往她身上靠。她终于放开了自己，接纳我。但是我突然发现自己满头大汗，却仍然不行。想想为我擦着汗，想想说，会好的，你可能太累了，以后会好的。后来想想睡了过去，我却睡不着。我想，一个会看手相的女人，让我的生活发生了那么大的变化。我想要再次找到她，我想要知道，她究竟是个什么人。

我在看着一部叫《旅程》的碟时，又收到了李丽珍的短信。短信仍然像一条蓝色的鱼，蓝色的鱼说，我会看手相，你来尚典9号包厢好不好？影碟正播放着一条一望无际的公路。我想，如果我走在这条望不到头的公路时，我是不是会绝望？我又抬眼看了一下窗外，窗外又在飘雨了。李丽珍一定是一个喜欢雨水的女人。我赖在沙发上，又看了一会儿碟，但是我看不到碟里的内容，除了一条公路以外，我只看到李丽珍的笑影。一个大我七岁的性感的女人，她的眼神像一条丝带，丝丝缕缕地缠过来，将我的手足和灵魂捆绑。我相信我是喜欢她的，喜欢她的安静。

我仍然穿着灰色的风衣走进了雨中。走进雨中以前，我给想想发了一个短信。短信说，和同学聚会，可能要晚点回来。这条短信发出去的时候，我愣了一下，因为，这是想想曾经给过我的一个理由。手机屏上，短信被打了一个勾，好像是被枪毙了一样。我走在了雨中，雨中有清凉的风，清凉的风挟持着我前行，这是一种愉快的挟持。

服务生仍然把我领到了 9 号包厢。我想，包厢里的李丽珍，一定在抽烟。果然，打开门的时候，首先迎接我的是"圣罗兰"的烟雾。李丽珍笑了，她比上次精神了许多，穿着一件蓝色薄毛衣。一件灰色的女式中长风衣，挂在衣帽架上。我把风衣脱下来，也挂在了衣架上。两件灰色风衣发出了欢呼的声音，好像在庆祝一次相遇。我坐了下来，仍然点了那种据说是假的蓝山，当然，也有可能是真的。但是，真与假，有时候有什么区别呢?

我说你是不是还要给我看一次手相。你分明不是一个会看手相的人，却老是要给人看手相。李丽珍吐出了一口烟，她吸烟的姿势，有着贵妇人的味道。她说，因为我寂寞。我不说话了，我想，其实每个女人都寂寞，每个女人都比寂寞的男人更寂寞。李丽珍没有给我看手相，只是伸过来一只手，像一种动物的爬行一样，或许，是一只出生不久刚学会走路的白兔的爬行吧。一只白兔爬了过来，另一只白兔也爬了过来。白兔盖住了我的手，白兔温柔。

我们的手就相互地绞在了一起，后来她把我的手心摊开，她用手指头在我手心里挠着，像是兔子在刨土一样。我感到了酥痒，于是就笑了起来。她的头侧了过去，斜着眼睛望着我。她说，你看看你的手纹，你这个人，会有很多女人。我说，这也是命吗？她说，这也是命。我说，你觉得改变好，还是不改变好？她叹了一口气说，有些东西，无法改变。后来我拉住她的手，把她拉了过来，拉进了我的怀里。她就坐在了我的腿上，我的脸贴了她的脸一下，我想，这大概是一场调情的前奏，我看到她的目光里开始积蓄一潭清水，我就想跳进潭水里，来一场游泳。我的手落在了她的腰上，轻轻抚摸着。李丽珍突然哭了，是令我措手不及的那种哭。我的手迟疑了一下，最终还是没有停下来。我的手爬上了她的胸。她已经三十七岁了，她刚好是本命年，但是她的胸却好像还只有二十五岁。我轻轻抚摸着她，我的抚摸让她闭上了眼睛，又有一串眼泪挂了下来。眼泪流到了她的腮边，她用舌头轻轻一舔，眼泪就落进了嘴里。

她把头伏在了我的肩上，有了一种泣不成声的味道。她轻声在我耳边说，你知道吗，那时候家邦也是这样抱着我的。我的耳朵边荡漾着她的嘴巴喷出的热气，但是心却一下子冷却了很多。她又提起了她的先生，她念念不忘的，是一个叫作家邦的男人。那么，我最多只是一个替身。

我不愿意做替身。但是我不忍心推开她，也不愿意推开她。她是一个鲜活的女人，如果我是牛，她无疑是一丛绿的充满生机的草。我不能因为草对着我说她怀念羊而转身离去。我仍然抱着她，并且告诉自己，忘掉她提的家邦。李丽珍也紧紧抱着我，胸脯就贴在我的肩上，让我无限幸福。李丽珍说，那是一个雨夜，那个雨夜，有一辆奔驰车在公路上开出了在高速公路上也很少开的速度。那个雨夜，一辆奔驰车开到了一百八十码。它钻进了一辆停着的货车的底下，车子一下子扁了，开车的人死了。我说，是不是家邦，开车的是不是家邦？李丽珍咬着嘴唇说，是的，那时候，我正在家里给他煮汤，边看电视边等着他回来。就在我带你去过的那幢别墅里。我们结婚迟，都是曾有过婚姻的人，那时候我们开始想要一个孩子了。但是家邦没有能喝到汤，他和朋友一起喝醉了酒，酒后驾车，一声巨响，把坐在货车驾驶舱里的那个安徽驾驶员，吓了一大跳。

我拍着她的背，我说都过去了，你别再沉湎于过去了。她坐直了身子，笑了一下，然后匆匆去了一下洗手间。我知道，她一定用清水洗了一把脸，果然回来以后，她用纸巾擦着脸。现在，她平静下来了，她又坐回到我的对面去。她微笑地看着我说，对不起，我失态了。然后她说了两句话。第一句话是，你对你女朋友，好一点。第二句话是，你知道吗，和家邦一起遭遇车祸的，是一个二十二岁的女孩子，才刚刚大学毕业。而他们在一起，已经三年。

我一下子愣了，但是我的脸上装出那种波澜不惊的表情，以证明我是一个成熟的男人。此后的大段时间里，我们都没有说什么话，只是两双手握在一起，好像是在取暖一样。两双手在纠缠着，像在向对方求助，却没有了欲念。也许，我的手是因为空虚，她的手是因为寂寞。寂寞和空虚，在9号包厢里相遇。后来我的目光落在了墙壁上，墙壁很潮，这是一间潮湿的包厢。李丽珍为什么选择了潮湿，是因为女人喜欢潮湿和阴冷？我的手从李丽珍的手中退了出来，手指头落在墙壁上。手指头很快就湿了，指尖有了带水的阴冷。我把手掌都盖在了墙壁上，一股凉气就顺着手掌，吸入了我的体内。

和李丽珍分别时，我们相互拥抱了一下。两件灰色的风衣，看着我们拥抱在一起，它们吹了一记响亮的口哨。李丽珍在我的耳边说，我不是鬼。我笑了，我说我当然知道你不是鬼。李丽珍说，但是我希望我能飞起来，不管是鬼还是仙，我渴望着一次飞翔。李丽珍又说，那你吻吻我。我捧住了她的头，我想那是一个滑稽的动作，因为她的个子有一米七，我不得不略略踮起了脚。我捧住她的脸吻了一下她的额头。很轻的吻，轻轻的触碰而已。我放开她的时候，她说，谢谢你的吻。然后她的手伸出去，从衣架上取下了我的风衣替我披上，轻声说，路上小心些。那时候我的背刚好对着她，我突然想，去年秋冬，家邦离开家的时候，她一定也像现在这样，替家邦披上了外套。而家邦用他的奔驰，接上了一个二十二岁的女孩。二十二岁是什么概念，二十二岁叫作，青春。

我走了，没有说再见。我想，李丽珍一定目送着我离开，一定会在我离开后，又划亮火柴为自己点一支烟。然后，会有一大段的时光里，她坐在潮湿的 9 号包厢发呆。

　　走出尚典咖啡，我给想想打了一个电话。很嘈杂的声音从耳机里传来，想想说，在唱歌呢。我说，我想你。想想说，怎么啦你? 我说，我要对你好。想想笑了起来，说，你变了一个人似的。我笑了一下，挂了电话。

4

　　一个多月，都没有再见过李丽珍。有时候，我会带着想想去龙山脚下的铁道旁走走。我们牵着手，在铁道边装作幸福的样子，慢慢地走着。有时候，我会站在那幢小别墅前发呆，小别墅的铁门仍然锈迹斑斑，我想，那一年多以前的故事，大约也该锈住了。这一个多月里，一直都没有下过雨。有时候，我站在窗前，等待着一场雨的降临。我仍然和想想一起看三级片，仍然和想想一起，在被窝里折腾自己的身体。只是，我的脑子里总是若有所思，但却又想不出具体在思些什么。然后，一场雪开始在小城降落。我没有等到冬雨，等到了一场雪的降临。那天我和朋友们在川福火锅店告别，因为是我请客吃饭，所以我收到了火锅店送给我的一把广告伞。我先是在火锅店的门口，看着这场丰盛的雪，然后我撑起伞走进了雪地里。

南方的雪，总是不大的，没有北方那种齐膝深的积雪。但是于我而言，这却是一阵大雪，眼里看出去，除了白，就不再有其他颜色了。很久以后，在我艰难地走向家中的过程中，我看到了另一种颜色。那是警车的顶灯，在闪烁着，红光与蓝光交相辉映，在白雪的映衬下分外夺目。雪地里围了一群人，我看到了大盖帽的警察，也看到了围观的人群。积雪被踏得乌七八糟，我感到十分的惋惜。我想，多好的雪啊，怎么把它踏成这个样子？然后，我看到了一个雪地上的女人。她是被车撞倒的，却看不到一丝血迹。她是内伤，内伤比外伤更易致命。她的脸朝着雪地埋着，手臂张开了，一只手伸向很远的地方，像要抓住什么似的。她的一条腿屈起来了，另一条腿，伸得笔直，像是在游泳，又像是在学习飞翔。我认识那双漂亮的洁白的手，也认识那件灰色的风衣。她的围巾，还挂在脖子上，是方格子的浅色羊毛围巾。围巾的姿势很飘逸，像是在风中舞着一样，或者，像是清浅的水里漂浮着的水草。

很长的时间里，我都撑着伞那样傻愣愣地站着。我的眼前，是那些正在雪地里看热闹的人群。我不说话，我只是在想着一个曾经风情万种的女人，在尚典的 9 号包厢里给一个心怀叵测的男人看手相。她像是开在潮湿之中的一朵花，开在暗夜里的一朵花，开在"圣罗兰"的烟雾里的一朵花。我们长时间不说话，只喝咖啡或茶，或者，对视一眼。多么奇怪的一对陌生人，却像朋友一样地交往过。以后，尚典 9 号包厢不会再出现一个穿绣着牡丹图案的旗袍的女人了，不会出现一个穿灰色风衣的女人了，她的头发卷曲，人中笔挺。现在，一个司机，他脸上的表情比哭还难看。他是一家药厂的司机，因为我看到了货车上标着的厂名。他正在向表情木然长相英俊的一个警察说着什么，他的嘴里不停地呵出热气，也许因为焦急，他说话变得结巴。但是我仍能听清楚他安徽口音的普通话说的是什么。他说，他不知道一个走路歪歪扭扭的女人，怎么会突然出现在他的车轮下。

我的嘴巴动了动，我想我一定是有话要说。我走到司机的身边，他只有二十多岁，也许正是在热恋着的年纪。我说，她是会看手相的，她的老公已经不在了，你怎么忍心让她也不在了呢？司机愣了一下，没再说什么，我看他的鼻子已经通红了。也许是因为激动，也许是因为寒冷。警察看了我一眼，说，走开。我们在执行公务，你走开。这儿，轮不到你说话。我不再说话，我走到了女人的身边，我看着她在雪地里保持着的飞翔姿势。她说，和老公一起车祸的女孩，和老公在一起已经三年。她死的时候，是不是仍然对这件事耿耿于怀？她的脸朝着雪地埋着，我看不到她的脸，我想她脸上的表情，可能是微笑。我走到她身边，蹲下来，抚摸着她的灰色风衣。风衣的质地很好，但是我叫不出这种料子的名。我还仔细地抚摸着她的方格子围巾，好像在抚摸着一场远去的爱情。一声暴喝响了起来，走开，快走开，你知不知道你在破坏现场？警察赶了过来，一把拉起我的衣领，他脸上红红的，表情有些激动。我说，我认识她，我可以帮助你们做笔录。警察说，走开，谁不认识她，谁不认识她就是白痴。她是李家邦的遗孀。我小心翼翼地问，那，她叫什么名字？

她叫李丽珍。警察说完，就不再理我。另外两个警察，正拿皮尺在乌七八糟的雪地上丈量着。货车司机正在跳脚取暖。我离开了，我离开的时候想，原来她真的就叫李丽珍。我离开的时候，听到很遥远的地方传来一声脆生生的轻笑。

在八字桥附近，雪越下越大，是小城十年难见的一场大雪。我的视线，在十米以内。我把手伸到伞外，掌心朝上。一些雪落到了掌心里，遇到手温在瞬间就融化了。我久久地看着我的手，这是一只被一个女人抚摸过的手，看过手相的手，她断言我的爱情多变，断言我还会有其他女人。她让我对想想好一些，我也想对想想好一些，但是，这个好一些，却是很难做到的一件事。我想，雪大概是雨的另一种生存方式，那么，离开人间是不是李丽珍的另一种生存方式？我在雪地里发呆，一会儿，肩上落了许多雪。伞上的雪，积得很厚了。我把伞倒过来，许多积雪就从伞面上滑落，惨叫一声跌在地上。这时候，警车闪着警灯从我身边开过，他们，一定是刚刚执行完公务。而李丽珍，也许已经被拉到医院太平间了。

小城不大，半小时可以步行穿过全城。我走到了龙山脚下的铁路旁，在那幢小别墅的铁门前发呆。我突然发现，自己变成了一个喜欢发呆的人。一列火车轰隆隆地开来了，火车是热的，火车会把雪给融化。我把身子靠在了铁门上，我的手落在那把巨大的铁锁上。这把铁锁，没有锁住爱情和幸福。手机响了，想想给我发来一条短信。想想的短信不是鱼，鱼是忧郁的。想想的短信，像一只鸟的欢快鸣叫，鸟说，亲爱的，今天我们办公室同事一起有活动，不回来吃。

5

我经常跑到尚典的 9 号包厢里听音乐，发呆，抚摸潮湿的墙面。我总是坐在以前坐过的位置上，把手放在桌面上，假想对面坐着一个风情万种的女人，她可以给我看手相。她其实不懂看手相，她只是寂寞了而已。来了几次以后，服务生会径直把我领到 9 号包厢。这是一个没有人愿意来的包厢，没有窗，不透风，而且潮湿。我猜想，隔墙可能是另一户人家的卫生间，也许，对面的女主人经常在卫生间里洗澡。这样的猜测，令我的脑海里浮想联翩。

服务生进来添水的时候，我会说，看相吗，我会看手相的。但是木讷的服务生只会笑一笑，说，不看。他居然连谢谢你也不说一声，只给我两个生硬的字，不看。这多少令我有些生气。我给想想发短信，我说，你是不是又聚会了，你的聚会真多啊。想想回了短信，想想的短信说，没办法啊。我猜测想想发这条短信的时候，一定无奈地耸了一下肩。我又发了一条短信，我说我会看手相，你来尚典9号包厢好不好？想想的短信说，你发神经啊，让我到尚典来看手相？我说是的，你有时间聚会，就没时间陪陪我？

想想最后还是来了。想想走进包厢的时候，环顾了一下包厢的设施，她皱了皱眉，说，真潮湿啊，真阴暗啊，空气真差啊。想想边说边开始脱外衣，那是一件灰色的风衣。我说想想，你怎么也有一件灰色的风衣？想想的风衣刚脱到一半，她停住了，脸上露出吃惊的神色。想想说，是你去上海的时候，买的情侣装啊，两件都是灰色的风衣，你不是也有一件吗？我不再说什么，我想，我的脑子一定是出了一点问题。这件风衣，是我去年从上海买回来的，我居然，这么快就淡忘了。

想想的左手伸了过来，平躺在桌面上。我摇了摇头，说，想想你怎么连男左女右也不知道？想想的右手伸了出来，放在桌面上。我握住了她的右手，我握着她右手的时候，像是握住了自己的手。我仔细地看着她的掌纹，我第一次如此用心地看和我生活在一起的女人的掌纹。想想的掌纹有些零乱。我说，想想，你的爱已泛滥，你的爱杂乱无章。想想抽回了手，她的脸红了，她说你这也叫看手相。我笑了，我说其实我不会看手相的，我只是，随便说说而已。因为，寂寞了。想想斜着眼睛看我，说，男人也会寂寞？男人寂寞了可以去歌厅抱小姐啊，你又不是没抱过。我无话可说，因为我曾经被想想在歌厅里抓过现行，那时候我正和朋友们一起唱歌，我抱着一个小姐，唱那首《穿过你的黑发我的手》。想想出现在我的面前，她看了我一眼，什么话也不说扭头就走。我丢下话筒追出去，拍着胸脯对她说，我不想让小姐坐我腿上，是小姐一定要坐我腿上。这件事过去，已经很久了，但是，我仍然记得清清楚楚，并且一直成为想想发难于我的话柄。

我抚摸着想想的手，把声音放得很温柔。我想我是真诚的，我真诚地看着她清澈的眸子。我说，想想，我要去成都住一个月，那儿有一笔生意，需要我跑过去打理。想想说，成都？有一本书就叫作《成都，今夜请将我遗忘》，你不会到了成都，就把我遗忘了吧？我说，怎么会？我爱你，相信我，我要，对你好。想想的脸部表情稍稍有了变化，她的目光变得温柔了，她走到我身边，在我腿上坐了下来，搂着我亲了我一下说，你今天怎么啦？我说，没怎么，我只是想，我要守住你，要和你，过一辈子。

想想伏在我的身上，想想的手一直和我的手纠缠在一起。我突然想，以前和想想在一起看三级片，和在床上进行体能训练，是不是，仅仅只是肉欲？而现在，我想要好好地爱一个女人。想想说，我去萧山机场送你吧，我开车去。

6

在去成都以前，小城的积雪一直没有融化。街上已经没有雪了，但是街边的树上，仍然挂着雪。之后，是下了一天的连绵的小雨。我撑着广告伞走在大街上，路过一家比萨店的时候，看到了一个男人和一个女人，相互搂着腰，钻在一把伞底下，异常亲密地走着。

我站住了。我把手伸到了伞外，我的手就可以真切地感受到柔软的雨丝。我看着手心里的掌纹，它们组成一条鱼的形状，像是象形文字。有一些行人，奇怪地看着我，我看着掌心里的那条鱼。我看到那条鱼慢慢涸出了眼泪，鱼说，我找不到清水的潭。

我掏出手机发了一条短信：鱼说，我找不到清水的潭。

我看到前面正在走着的伞下的一男一女停下了脚步，我看到那个女的掏出了手机，按了几下，然后，她又把手机放回了包里，和那个男的搂抱着继续向前走。这时候我收到了一条短信，短信说，亲爱的，我正在开会呢，什么鱼啊肉啊，你想吃鱼？

我把手机收了起来。我站在一场小城的微雨里，望着一对男女的远去。我再一次把手伸到伞外，手握成了拳头的形状，然后再舒展开来。我看到一条哭泣的鱼。

那是我的手相。

「私奔」

1

王秋强站在酒馆的门口说，你给我温一壶老酒。那时候我站在柜台里，把两只手伸在袖筒里看着酒馆外一场雪的前奏。天空是灰蒙蒙的，不远处的树掉光了树叶，狗走路的样子也悄无声息。这个季节里，小镇是阴郁沉闷的小镇。我听到了一个苍老的声音响了起来，你给我温一壶老酒吧，你给我温一壶酒。这时候我看到了王秋强的脸上挂着清水鼻涕站在酒馆门口，他的声音近乎哀求。我冷笑了一声，我说你以前欠下的酒钱，到现在还没有结清呢。王秋强说，过了这个冬天，我就有钱了，我一定会来结清酒钱的。

我不再理他，我故意装作是在看天空的样子。王秋强不说话了，站在酒馆门口，像一枚苍老的树叶。王秋强已经七十五岁了，七十五岁的人，当然就是一片老叶，一阵寒风能轻易将它刮走。酒馆里有几个人在喝酒，他们在谈论一个叫春花的寡妇，前半夜和后半夜睡在她床上的男人居然不是同一个人。他们在感叹，寡妇就是要比小嫂子吃香。王秋强听了一会儿，低低地笑出声来，他响亮地吸溜了一下鼻涕，然后再次说，老海，老海你给我温一壶老酒吧，酒钱我不会少的。我仍然没有理他，我的眼光一定像冬天的风一样，我很淡地看了他一眼，仍然仰望着天空。我在等待着一场雪的降临，天已经摆出了这样一张脸，雪是一定会降临的。明天，大雪可能就会封了这山区小镇。

　　老海，我给你讲故事，我给你讲我年轻时候的故事，换你一壶老酒行不行？我笑了起来，是很轻的那种笑，像一缕轻烟一样。小凤已经不在了，小凤跟一个拍照的人走了，我的心情就一直不好，我哪儿有心思听一个不怎么熟悉的，不知道从哪儿来的老头讲他年轻时候的故事。老头走进了酒馆，他终于忍不住我对他的冷淡，走了进来。我看到他居然穿着一双棉皮鞋，皮鞋的头上已经开了口子，像一条随时准备咬人的狗一样。老头的脸色是红润的，我认定他的脸色红润一定跟常喝老酒有关。老酒是米做的，老酒能活血，老酒也能延年益寿。老头的腰板其实还很直，走路的样子像一个年轻人。老头叫王秋强，我不知道怎么有一天就知道他的名字了，并且让他赊了几次酒。我不知道他是从哪儿来的，他一口的绍兴口音，戴一顶油黑的毡帽。现在我不再信任他了，我拒绝为他打酒。

他挑了一张桌子坐了下来，老海，他轻声地叫着，叫得有些急促，喉结骨碌碌地转动了一下。老海，老海我求求你了，我的老酒虫爬上来了，你快给我温一壶酒吧。我有些生气了，我把望着阴冷天空的目光艰难地扯了回来，我把伸在袖筒里的手艰难地抽了出来。我说王秋强，你这是赖皮，你简直比镇上的老三还要赖皮。王秋强的脸上浮起了羞涩的红晕，王秋强说，我一定还你酒钱，一定在明年春天还上。

我开始为他温酒，我不能做得太绝了，再说这种叫斯风的土黄酒，并不贵，一块多钱能打一斤。我给他温了两斤老酒，我拎着酒壶向他走去的时候，他的眼睛里已经放出了光芒。他的双手不停地搓着，像是见到了一个漂亮丰腴的女人。我笑了起来，这时候我又抬头看了一下天，天上开始飘雪了。我愣了一下，我愣了一下是因为突然想到，这场雪是不是一直在等着我为王秋强温上一壶老酒，它才肯飘落下来。

　　雪纷纷扬扬的，是大朵的雪花，像在空中飘着的棉花屑。这个属于江南的山区小镇大林，每年飘雪的时候，和北方的雪景是差不多的。满山的雪，让你的眼珠都会看得变白。大雪封山的时候，唯一一条通往外界的狭小如裤带的车路，会被雪封住，常常十天半月的不能出山。我在期待着雪的到来，不知道为什么，我就是盼望着雪的到来。有几个客人缩头缩脑地进来了，他们要喝酒，要吃冬笋炒年糕。大林没有多少特产，大林最有名的特产是笋。老海酒馆的厨房里，就备着上好的冬笋。我开始忙碌，我说猪头肉要不要，我昨天刚炖好的。我想起了小凤，小凤炖的猪头肉又香又酥，但是现在她跟着一个拍照的跑了。昨天晚上我亲自动手，用柴火在大灶里炖了足足半夜的猪头。他们说要的要的，我就切了一盘猪头肉上来。这时候，坐在旁边一桌的王秋强，眼睛就盯着那盘猪头肉。他说老海，能不能给我切一盘猪耳朵？我很明白地对他说，做梦。

　　落雪的时候气温并不低，但是落雪让人误以为一定是寒冷的，所以每个人都缩起了脖子。雪越下越大，望出去灰茫茫的一片。一会儿，我炒好了冬笋年糕，端上了温好的老酒，几个客人就把酒喝得吱溜响。一会儿，他们开始议论起镇上的寡妇春花，他们也说春花有时候一个晚上会和两个男人睡觉。于是有一些坐在另外桌上的人看向他们，我知道大林镇没有新闻，大林镇的新闻就是某个镇干部，在每个村子里都是有一个丈母娘的。或者某个女人和别人在桑园里睡觉的时候，被她的老公手持扁担当场捉住了。

有人说老海，你给我们生个火炉，下雪天不生火炉，难道你想在夏天生火炉？我二话不说就开始生火炉，我把炉子放在了屋子的中央，柴火红红地烧了起来，有一些呛人的青烟。一会儿，青烟飘出去了，像幽灵一样飘到了外面的雪地里，只剩下炭火温暖着小小的酒馆。这些闲来喜欢喝老酒的大林人，他们是大林人，是他们养活了我。生个火炉算什么，他们让我去雪地里跑一圈，我也愿意。

落雪也是有声音的，落雪的声音和落雨的声音不同，它的声音是喑哑的，没有雨来临时的响亮和仓促的声音。它喑哑的声音，像一只大盖子，一下子就把大林镇盖得严严实实。我重又回到了柜台里，重又把手伸进袖筒，重又把目光抛向天空。我开始想象寡妇春花，我的心思有些龌龊，我在想着，如果我和脱得白花花的春花在床上，该是怎么样的一番光景。小凤跟人走了，小凤走了，让我在酒馆冷冷清清的晚上生出许多火焰山一样的欲望。我不停地想着春花的身子，我想象自己像一只丑陋的青蛙一样爬到了她的身上。她的身子是柔软而且滑溜的，她有一股很大的吸力，将我吸入她的体内，然后幸福就像雪淹没了大林一样把我淹没。客人又在叫酒了，客人说，再温一壶老酒。我从我美好的想象中艰难地退出来，并且在心底里暗暗地打了自己一个巴掌。我想，我是男人，我有欲望，而小凤跟着一个拍照的男人离开酒馆，是让我胡思乱想的原因。

我以为王秋强会专心地喝酒，喝完酒他的破棉皮鞋就会踏进雪地里。但是王秋强有些不太安心，他突然开始讲故事了，他有讲故事的欲望。他说，我要讲讲我年轻时候的故事。没有人理他。他又说，我要讲讲我年轻时候的故事，是一个私奔的故事。有人看了他一眼，我也看了他一眼，然后我看着酒馆的外面。酒馆的外面，雪更大了，像一场盛大的舞蹈。

2

　　王秋强说，我今年七十五岁了，但是一九四八年的时候，我还很年轻，我比现在的老海还年轻。那时候我只有二十岁，那时候我长得还是不错的。我不仅年轻，而且有钱，我们家在绍兴开了酒店和米行，还有南货店、杂货铺、酱园。我那时候想要喝酒，只要到自己的店里坐下来，店里的小二就会给我上酒，给我端上五香牛肉。不像现在，现在我没有钱了，但是我仍然喜欢着喝酒，就像仍然喜欢着爱琴一样。爱琴是谁？爱琴是一个漂亮的女人。现在我不说爱琴，我说那时候我的风光。我那时候刚接过我爹手中的产业，我爹是在一个冬天走的。我爹坐在阳光底下晒太阳，我刚从爱琴那儿回来。我走进王家台门，我们家有一整座的台门。我说，爹。爹没有答应我。爹对我一直不满意，认为我不会经营，不能将祖业越盘越活。爹不答应我是正常的。我就进了屋。一会儿我突然想起要给爱琴买一对翡翠镯子，就又走到了阳光底下说，爹你能不能给我一点儿钱。爹还是没有答应。这时候我发现，爹的脖子已经歪在那儿了，流着涎水。但是他的脸上还挂着微笑，好像赚到了什么便宜一样。爹赚到便宜的时候，总是要微笑的。我大叫一声，我说娘，娘你出来，我爹死了。

我爹果然就死了，死在寒冷的冬天。爹出殡那天，下了一场大雪，我指挥着八个丧甲，抬着爹厚重的楠木棺材上山。把爹抬到山上，是一件艰难的事。我们费了很大的劲，才把爹的棺材放入骨洞里。我看到泥水匠用青砖把骨洞的口封了，就像把爹封在另一个世界里一样。张三丰指挥着王家的人放炮仗，他们把炮仗放得惊天动地，就像是在山上打仗一样。张三丰是谁？张三丰是我家年轻的管家，很能干的一个人。张三丰后来带着王家的人浩浩荡荡地下山了，我说你们先走吧，他就挥了一下手说，少爷还想在老爷跟前留一会儿，我们先走吧。我后来一屁股坐在了骨洞前的雪地上。你问我骨洞是什么，骨洞其实就是一间小砖屋，刚好放得下棺材。骨洞的一面空着，等到人死了棺材推进去了，再把那一面用砖封死。骨洞，就等于是坟。我在雪地上坐着，我开始笑起来，我说爹，我就要变成老爷了，我要赌博，要天天下馆子，还要天天逛妓院。爹，你辛辛苦苦挣来的钱，就全部变成我的了。

我是黄昏的时候下山的，下山的时候，我突然听到了山上传来的一声叹息，把我的魂灵都吓得飘起来了。我听得真真切切，那是我最熟悉的声音，那是我爹王老虎的叹息声。我开始在雪地里滚爬，我像是突然病倒了一样，一下子没有了力气，浑身都冒着虚汗。后来我看到了红灯笼，红灯笼发出红红的光，像一张妖怪的脸。再后来我就软软地倒在了雪地中。

是张三丰把我背回去的。娘后来坐在我的床边告诉我，我昏睡了八天，我说了八天的胡话。他们已经为我冲了喜，他们给我讨了做锡箔生意的吴老板的女儿，一个腰板很阔屁股很大异常壮实的女人做老婆。她叫吴美凤，她每天都要为我端茶送水，并且总是亲自倒掉我的尿壶。后来我才知道，她出嫁前，她爹的尿壶都是她倒的。有一次我问她，我说吴美凤，尿壶一股臊气，你有什么好倒的？吴美凤就笑了起来，她笑的时候，眼角竟然有那么深的皱纹。她不像一个二十六岁的人，娘说她二十六岁，比我整整大了六岁。她笑着说，倒尿壶本来就是女人的事。我对她的回答感到失望，我不太愿意和她在一起。吴美凤也知道我不愿和她在一起，但是她还是说，没关系，这是女人的命。

雪还在下着，看来明天天亮之前是不会停的。我又在火炉里加了一些柴火，火炉就再次冒起了青烟。有人叫了起来，说老头，你不是说讲一个私奔的故事吗？你在讲你爹死去的那件破事。王秋强笑了一下，说你不要急，私奔在后头，爱琴还没有出现呢。老海，你给我切一盘猪耳朵来。我没有答应，我只是冷笑一声，我又不愿听你的破故事，为什么让我切一盘猪耳朵？这时有人说了，老海你给他切一盘吧，账算到我们头上，我们想听听他私奔的故事。我马上把手从袖筒里伸出来，我马上去了厨房，我马上切了一盘猪耳朵，端到王秋强的桌子上。我说，这是人家送你的，你得好好讲给人家听才行。王秋强笑起来，夹了一筷猪耳朵，津津有味地咬着猪耳朵的嫩骨，然后又呷了一口酒。王秋强说，这斯风酒，一点儿也不比绍兴的花雕酒差。

王秋强说，那时候我有钱了，我有钱了就有许多朋友，他们是自己找上门来的。我告诉你们一个规律，不管哪朝哪代，只要你有钱了，就会有人主动来找你做朋友的。我在台门里开赌局，在台门里请吃请喝，我的钱像流水一样，每天从手指头缝里流着。张三丰说，老爷你不该这样的。我说，那该哪样的？张三丰说，你应该像老去的老爷一样，经营王家的产业。我说那不是很累吗，累得像他一样，一分钱也没有享用就死了，那多不合算。张三丰就不再说话了，他笑了一下，他的笑容里有许多内容。我也笑了，我说张三丰，我知道你在笑什么，你一定在笑，这个傻子马上就做不成老爷了，这个败家子马上就要把家业败完了。张三丰马上否认了，说老爷我哪儿敢那样想啊。我说，你不用劝我的，我还要去醉杏楼呢，听说醉杏楼里来了一个李师师，我要去见识见识。张三丰说，这个醉杏楼和李师师，都是冒牌的，真正的醉杏楼和李师师是在宋朝，在汴京。我说，冒牌的见识一下也好，我又回不到古代去见识真的李师师。

我其实没有见识到李师师，我见识到了一个叫爱琴的女人。我走在醉杏楼的木楼梯上时，老鸨就站在楼梯口，她的头顶是一盏红灯笼。老鸨已经不年轻了，她脸上却擦了厚重的脂粉。我盯着她的脸看，我看得她有些不太好意思了，她说王老爷，我这儿漂亮女人多的是，你看着我干什么。我看到她脸上闪动着红灯笼的光芒，我看到了她藏在脂粉后面的皱纹和黑斑。我说老鸨我在担心你。老鸨扭捏了一下说担心什么。我说我担心你脸上那么重的脂粉掉下来，会砸伤脚指头的。老鸨没有生气，她大笑起来，笑得有些前仰后合的味道。我闻到了她的嘴巴传来的口臭，她昨天晚上一定吃了大蒜。

我说李师师呢，你让李师师出来。老鸨说李师师在陪客人呢。我说她在陪谁。老鸨说，赵佶赵老爷。我不认识赵佶的，李师师已经在陪人了，这让我很失望。我刚想转身离去的时候，老鸨叫住了我，老鸨说，我让爱琴陪你，爱琴是醉杏楼最漂亮的女人。老鸨的话音刚落，爱琴就出现了，她穿着素淡的旗袍，脸上没有施脂粉，微微笑着，手里捏着一把圆圆的锦绣扇子。我的目光就落在那把扇子上，我说爱琴，你为什么大冬天的拿着扇子。爱琴说，扇子是装饰品，扇子就像连在我身上似的，你不觉得拿着一把扇子其实是很好看的吗？我仔细地看了一下，觉得爱琴的话有一定道理。我先下了一趟楼，我对等在楼下的张三丰说，你等我。张三丰笑了一下。

我再次走上楼梯，爱琴把我带到她温暖如春的房间。上楼的过程中，我在楼梯中间和老鸨相逢。她高高的胸向我挺着，像是要示威似的。我说不要把一堆肥肉乱撞人，你收起来。老鸨听了这话很生气，撇了撇嘴下了楼。我进了爱琴的屋子，我看到爱琴屋子中间的一盆炭火，我还看到了她屋子里简单的摆设。一张没有床档的大床。妓女床是没有床档的，两边都可以下人，是因为妓女的规矩不可以跨过客人的身子。我走到窗边，把木格子窗打开了一条缝。透过窗缝我看了醉杏楼的外边已经下雪了，我看到了站在雪地里的张三丰，撑着一把油纸伞，油纸伞上也落满了雪。我对爱琴说，你过来看看，这是我家的一个傻瓜，他为什么不站到醉杏楼里面去喝茶，却站在雪地里？他怎么那么小，居然被装在窗缝里了。爱琴听了没有说话，她旗袍最上面的一粒扣子已经解开了。

我和爱琴并排躺在床上，她的身体像一条泥鳅一样。她略微有些胖，说好听点是丰腴，她是一个丰腴的女人。她的身子就贴在我的身上，她的两条腿夹紧了我的腰，好像她不夹紧我的腰，我就会像一只鸟似的从窗缝里飞出去。爱琴的动作缓慢，一双雪白的手落在我的身上，一把握住了我，让我一下子感到冬天已经拖着尾巴跑走了。我看着她微微发热发红的脸，看着她色泽动人的身子，想她现在的样子，像是什么。后来我终于想起来了，她像一个蒙古人，蒙古人在草原上骑马。

　　有人插了一句，你还是没有讲私奔，你不是说你讲的是一个私奔的故事吗？王秋强说，哪有这么快就讲到私奔的，我老了，我老了讲话就特别慢，记性也差了。我记得爱琴在床上那么勇敢，让我的骨头里都钻出了许多条舒舒服服的虫子，让我舒服得哭了起来，我是忍不住了才哭的。王秋强的筷子夹住了最后一块猪耳朵，他喝下了壶里最后一口酒。屋子中间的炉火渐渐变小了，青烟早已散入酒馆外边的雪地里。王秋强说，我走了，我明天再来讲私奔的故事吧。今天，已经不早了。我抬起手腕，看了腕上的钻石牌手表一眼。下午四点半了，在落雪的冬天，四点半的另一种叫法就是黄昏。王秋强站了起来，他打了一个响亮的酒嗝，冲我笑了一下说，老海你的猪耳朵和斯风黄酒，都不错啊。做人只要天天能喝到老酒，吃上猪耳朵，就应该知足了。然后他摇晃着出了门，他没有带伞，他的破皮鞋一脚踏进了大林镇落雪的黄昏。

3

　　我一直睡到第二天中午才醒来。打开酒馆的门时，我发现雪已经积得很厚了，足有二十公分厚。雪停了，天地之间白茫茫的一片，全是白色的积雪。我看到了站在积雪上的许多人，他们正在谈论着什么，他们是昨天下午在我的老海酒馆里喝酒的酒客。我发现寡妇春花也混杂在人群中，她穿着一件红色的滑雪衫。许多人都喜欢着她。她不年轻了，但也不老，脸上皮肤依然光滑。许多人喜欢她，是想和她上床，其实我也想和她上床的。但是我更喜欢她六岁的女儿，那是一个扎着小辫的可爱的小姑娘。我想如果我是这个小姑娘的爹，我一定会把她一不小心给宠坏掉的。

　　客人都进了酒馆，客人进酒馆的时候都埋怨我开门太迟了。有一个熟客说，你家的小凤不是跟一个拍照的跑了吗，你一个人晚上又不会做功课的，也起那么迟？许多人笑起来，春花也混在人群里发出尖细的响声，像一条美丽的响尾蛇。我不笑，也不恼，我开始温酒，我知道他们都喜欢吃老海酒馆的猪耳朵、猪头肉，那都是五香的，用桂皮、茴香什么的焗起来的。我还知道他们喜欢喝斯风老酒，那种酒是我让拖拉机从一个叫枫桥的小镇运到大林来的。我一边温着酒，一边想着春花诱人的身子。我的欲望之火燃了起来，抬起头，看到春花的目光也越过了人群正看着我。她媚笑了一下，我想，真是一条美女蛇。

客人们其实是来听王秋强讲私奔的故事的，昨天晚上，他们一定都梦见了故事里爱琴雪白诱人的身子。想到这儿我的脸也红了一下，我也梦见了爱琴爬到了我的身上，像一头肥硕的春蚕。春花一定是有人撺掇来的，春花很容易就被人叫动，一不小心就被男人叫上山，回来的时候，带回来一脸的春风和一竹篮的竹笋。他们都来听私奔的故事，但是王秋强却一直没有出现。酒温好了，猪头肉和猪耳朵切好了，冬笋炒年糕也已经炒了好几大盆，就连屋子中间的火炉，也生了起来，正闪着红红的火光。王秋强却一直没有来。大家都有些失望，大家都说早知这样，不如昨天不要听，或者是今天不来了。大家正在失望的时候，王秋强站到了酒馆门口，他依然穿着那双开着口子的破棉皮鞋，他在酒馆门口揉眼睛，就有许多细碎的眼屎，纷纷扬扬地飘落下来，像一场小雪。

王秋强望了站在柜台里的我一眼，说，你给我温一壶老酒?！我淡淡地说，你进来吧，你不进来的话，客人们就会把我扔到雪地里去了。王秋强走了进来，他的两双手本来是藏在袖筒里的，进屋后他的两手很快从袖筒里退了出来，像结束冬眠的乌梢蛇相继从洞里游出来一样。他的两只手相互搓着，脸上也漾起了笑容。因为他看到了屋角一张空着的桌子，桌子上放着的一壶温热了的老酒和一盘猪耳朵。那张桌子大概像是爱琴的手，伸了过来牵住了王秋强的手，把他拉了过去。

王秋强喝了一口酒，说，昨天我讲到爱琴爬到了我身上，让我的骨头里都钻出许多舒服的小虫子。后来是什么，后来就是她问我，平时喜欢干什么。我说我喜欢掷骰子赌博。她说，还有呢，我说我还喜欢喝老酒。爱琴就笑了一下，披衣下床，我看到了她的圆滚滚白乎乎的屁股，我真想在她的屁股上咬上一口。爱琴在火炉里加了许多的炭，然后拿了一壶酒来。爱琴重又伏在了我的身上。她喝了一口酒，含在嘴里，渡到了我的嘴里。那时候，这冷酒从她的口里出来，已经变成温热的酒了。酒顺着我的喉咙滑下去，像是手抚摸绸缎时的感觉。爱琴说，这是花雕酒。我们一起在床上喝花雕，喝一会儿花雕，然后做一会儿事。花雕源源不断地流入我的嘴里，花雕让我感觉到自己成了一个神仙，或者是一个死去了的人。

我一共在醉杏楼里住了三天，三天里我没有回过家，也忘了在楼下站着等我的张三丰。爱琴给我讲她的故事，爱琴说她的家在一个专门生长香榧树的山窝窝里，她十八岁，有一个会放牛的弟弟。她的娘已经死了，她的爹正在生着一场大病，她原来有一个未婚夫的。未婚夫上树采摘香榧时，从树上掉下来，把腰骨给摔断了。深秋的某一天，她把一些钱放在了桌子上，用一盏油灯压住，她为爹煎了一碗中药，端到爹的床前喂他喝下了。她又拿出一套新衣服，让傻愣愣站着的弟弟穿上。弟弟在穿衣的过程中，突然哭了起来。弟弟边穿新衣，边说姐你怎么可以这样呢。爱琴笑了一下，说以后你就用桌子上的钱给爹去买药，让他早些好起来。弟弟点了一下头，弟弟点完头就看到爱琴走出了家门，头也不回大步流星。弟弟看着爱琴的背影傻了，因为他从来都没有看到过姐走那么快的步子。

爱琴站到了醉杏楼前。老鸨正在等着她的到来，老鸨看着一身补丁衣服的爱琴，淡淡地说，你来了，你去换一身衣服吧，衣服给你准备好了。爱琴被领去换衣服，被领去梳妆打扮了一番。她被再次领到老鸨面前时，老鸨笑了起来，老鸨扭了一下她的脸说，爱琴，你长得这么俊，你很快就会成为醉杏楼的一块招牌的。老鸨后来把她领到了楼上的一间房前，房门上挂着一块牌子，写着两个字：爱琴。爱琴就抚摸着那块牌子，爱琴知道，以后这就是她的招牌了。她又抚摸着红漆漆着的木格子窗，窗上还镂着春花秋月。

爱琴打开门走了进去，她看到了一张小方桌，一只香炉，一只马桶箱，一只画着大红牡丹花，有着闪亮铜铰链的箱子。最最重要的是，屋子中间有一张大床，床上堆着新被子。爱琴走到床边，在床沿上坐了下来，对老鸨笑了一下。老鸨满意地点点头，老鸨说，开大染坊的邱老爷今天晚上就过来了，他不想在这儿过夜，他会让人把你接到外边去。钱已经付给我了，他想开苞，你忍着点。爱琴说，我懂的，女人为了活下去，总是有办法可以想的。老鸨听了爱琴的话很满意，说，是的，再过一千年，你的话也还是有道理的。那天晚上，一个高大壮实的女人进了爱琴的门，她把一块红布盖在了爱琴头上，弯腰背起了她。爱琴在一个女人的背上疾行着，爱琴只看到脚底下有不少的青石板闪过，直到她被放到一张陌生的堆着锦绣被子的床上，她也不知道自己到了哪儿，来路是哪儿。她接的是一个白白的中年人，有着稀疏的胡子。中年人用一根小竹竿挑起了爱琴头上的红布，然后他轻轻笑了起来。他的手握住爱琴的手，爱琴感到了一种微微的凉意。然后，爱琴看到了一个亮着红灯笼的夜晚，听到了一声压抑着的哀叫。

王秋强呷了一口酒，许多人都听到了他喝酒时吱吱作响的声音。寡妇春花把嘴巴张大了，她本来是在嗑着瓜子的，她停止了嗑瓜子。酒馆里很安静，大家的目光都落在王秋强的身上。王秋强接着说，爱琴为我讲了那么多，她讲着这些的时候，脸上有着隐隐的泪痕。有几次我想阻止爱琴，让她别讲了，但是又不愿让她停下来。我离开醉杏楼的时候，为爱琴留下了不少钱。我说，我下次来的时候，仍然让你服侍我。爱琴就轻笑了一下，把脸在我的脸上贴了贴，我感到了光滑与柔软。这真是一个像水一样的女人，这个女人和我家里大身板的吴美凤是不能比的。吴美凤怎么可能在床上玩出那么多的花样来?

　　我摇摇晃晃地下了楼,看到老鸨就站在楼梯口,她说你的本事不小,居然还能站着出来。我把钱付给了老鸨,我皱了一下眉头说,老鸨我让你不要再擦那么厚的粉了,粉掉下来会砸伤脚指头的,你怎么还擦?老鸨说你不要说风凉话了,爱琴把你服侍得舒坦了吧,你下次再来。我说爱琴把我服侍好了,不等于你把我服侍好了。以后你别说我居然还能走路,我还能跑步呢。我在醉杏楼的楼下跑了几步,腿一软,跪倒在老鸨面前。这让我的脸红了起来。老鸨笑了,说爱琴都把你给掏空了,你还逞什么能?这时候爱琴从楼上的房间里出来,站在走廊的栏杆边,对我笑了一下,轻声说,路上小心些,下雪呢,路滑。

　　是啊,下雪呢。我愣了一下,突然想起跟着我一起来的张三丰。我连忙打开醉杏楼的大门,看到张三丰撑着伞站在醉杏楼门口,他的伞上落满积雪,他的手里,正捧着一只热馒头吃着。他朝我笑了一下,他说,老爷,你出来啦。我向他走去,我向他走去的过程中,腿又软了一下。张三丰把背朝向我,他的身子弓了起来,他说老爷你在里边待了三天,你的腿一定软了,我背你回去。

　　我是张三丰背回去的。张三丰走路很快，背着我居然健步如飞，这令我感到奇怪。我说张三丰你的老家是哪儿。张三丰说，我是河南邓县人。我说听说河北沧州人有武功，不会你们邓县人也有武功吧。张三丰笑了，说老爷你笑话，我这不叫武功，走的路多了，练出来的。然后我就看到了纷纷扬扬如头皮屑的小雪中，一座宅院向我扑过来，越来越近。那是我王家的台门。台门的黑漆大门吱呀一声开了，站着我膀大腰圆的老婆吴美凤。吴美凤站在门口笑，说老爷，你在爱琴那儿一待三天，怎么路也不会走了。我瞪了她一眼，心下嘀咕，怎么她也知道。女人，真是奇怪的动物。我说你给我闭嘴，你再□唛小心我一脚把你踢出去。吴美凤果然闭了嘴，但是她的笑容还挂在脸上，我不能连笑也不让她笑，我只好叹了一声气。

　　说到这儿的时候，王秋强就果然叹了一口气。他低下头喝了一口酒，有少许酒水沾在了他唇边的白胡子上，闪着亮晶晶的光。他举起右手伸出食指，平举着放到了鼻子下的人中上。人中上有不小心沾着的酒水和酒的气息。他缓缓地拖动了那根手指，发出了"哈"的声音。然后他说老海你过来一下。我站在柜台里，我说过来干什么，我不过来。我对一个我不愿赊酒给他喝的老头居然指使我感到不满。马上有人说，老海，老头让你过去，你就过去吧。他的酒钱你不用担心，全记在我头上好了。我站起了身，我走到王秋强的身边，但是我的一双手仍然放在袖筒里不愿拿出来。我看到王秋强额头上的皱纹，和皱纹里藏着的脏兮兮的污垢。他的目光有些混浊了，但是他的脸颊却漾起了健康红润的颜色。他抬起头说，老海，你的老酒真的不错，我真想在你的酒馆里醉死了。我没有想到他说的是这样一句话，说完他就站了起来，他向酒馆门口走去。我抬腕看了一下钻石牌手表，果然刚好是四点半。有人喊，老头，还没私奔呢，你不是讲一个私奔的故事吗？王秋强没有回头，他的声音回头了，他的声音从屋外撞了进来，声音说，明天私奔。然后，王秋强的破棉皮鞋再一次踏进了积雪的黄昏。

客人们陆续散开去，客人们向门外走去，他们在谈论着这个老头，和老头的故事。寡妇春花走在最后，她好像是在等我似的，她回头看了我一眼，目光中好像有一种鼓励。我走过去，在她的屁股上捏了一把，她轻轻地哼了一声，轻声说，男人都不是好东西，你也不是。

4

第三天的中午我起得更早些，我怕那些客人们早早就等在酒馆的门口。我打开门的时候，仍然看到了厚厚的来不及融化的积雪，看到了许多的客人。客人的队伍已经很壮大了，看来是客人把客人带来的，其中还有几个体态丰满性感的女客，寡妇春花仍然站在这些客人的中间。多了女客，让我的心情愉快。我忙着切猪头肉和猪耳朵，忙着炒冬笋年糕，忙着温酒。寡妇春花居然来给我打下手，有人叫，春花你做老海酒馆的老板娘好了。春花说，只要老海愿意，我就做老板娘。我知道春花长得好看，但是她被那么多男人睡过了，再来做酒馆老板娘，我就不太满意。然后，我们都看到一个流着清水鼻涕的老头走进了酒馆，今天他没有在酒馆门口逗留片刻，他直接走到了那张桌子边上坐下来。桌上早已备好了酒和菜，我还在他桌子上放了一盘大蒜冬笋炒年糕。他也把自己当成了贵客，我看到他在心底里暗笑了一下，有许多人都是来听他讲故事的，他当然就是贵客。

王秋强呷了一口酒，得意地说，老海，你看我讲的故事，比镇东头阿毛癞子放的黄色录像还吸引人，为你引来了那么多客人。我说，那我把你的酒钱免了，你以前赊酒欠下的钱，也一笔勾销，现在，你就开讲。王秋强开始讲了，王秋强说，这以后，我又去了爱琴那儿几次，每次去都留下一些钱。每次去，都是张三丰把我背回来的。张三丰有一次对我说，老爷，你不能老去醉杏楼。我说为什么不能老去，我用的是自己的钱。张三丰说，你应该把她赎出来，放在家里随时可以享用。你这样常去的话，一年之内，付给老鸨的钱足够把她赎出来了。我想了想说，好的，我把她赎出来，我娶她做姨太太，让她天天晚上都喂我喝花雕酒。

我卖掉了十亩田。我带着张三丰拿着钱来到了醉杏楼。我走到老鸨面前。老鸨一定是站在楼梯口的，所以我必须上楼。我说老鸨，我想把爱琴赎走。老鸨好像早有心理准备似的，说她把你侍候好了，让你舍不得把她留在醉杏楼了吧。我说是的。老鸨说，她可是醉杏楼的招牌，你想要赎的话，恐怕得放血呢。我哑哑地笑起来说，老鸨你怎么一点儿也不听我的劝，让你别擦那么重的粉，你还是要擦，你知不知道你已经把自己擦成一个白骨精了。老鸨说变成白骨精没关系，千万别成了穷鬼就行。你家的那点儿家底，差不多让你出完血了吧。我拍了拍胸脯，胸脯发出了很响的声音。我一点也没想到胸脯会发出那么响的声音，把我和老鸨都吓了一跳。我说老鸨，你放心，虽然我是浪荡子，但是我现在还浑身都是血呢。

　　我把老鸨想要的钱给了老鸨。我把爱琴像牵一头羊似的从房间里牵了出来，爱琴就是一头羊，一头温顺的羊，一头王老爷家的温顺的羊。许多女人从各自的房间里跑出来，羡慕地看着爱琴被我牵走。她们也希望早日被人牵走的，包括那个长得并不好看的李师师。但是没人愿意牵走她们，男人们只愿意即兴地在她们身上浪费一点力气。爱琴被我牵出了门外，爱琴回头看了一眼醉杏楼，她的眼角居然有了一丝泪痕。张三丰已经弯下了腰。在没有马的绍兴，张三丰就是一匹好马。张三丰驮起了爱琴，向着王家台门奔跑。雪开始融化了，雪散开来的声音，像是骨头被拆开来的声音。我希望有人来拆我的骨头，这个太阳照着积雪的冬天，我因为有了一头温顺的羊而感到开心。

　　人高马大的吴美凤拉着爱琴的手亲热地问长问短。吴美凤的表现令我满意，她们都是我的女人，我总希望她们能和睦相处。但是吴美凤偷偷走到我的身边说，老爷，有一天你会后悔的，你没看到爱琴眼睛里盛着那么多水吗？我说她比你长得漂亮，你是不是浑身不舒服了？眼睛里总得有水，眼睛里没水眼睛就干了，就转不动了。吴美凤冷笑了一声，说，走着瞧。我懒得去理会吴美凤，我天天都泡在爱琴的房里，让她喂我喝花雕。爱琴是个懂事的女人，她让我适当的时候，应该去去吴美凤那儿。她说都是女人嘛，她懂的。我不愿去吴美凤那儿，吴美凤像一件宽大的破旧的衣裳。人总是这样的，有了新衣裳的时候，谁还愿意穿旧衣裳？

　　我已经忘了每一天是什么日子了，忘了打理王家的生意了。我差一点就把自己的名字和生辰八字都忘掉了，我只记得没日没夜地待在爱琴的房里，没日没夜地和她办着事。爱琴是一个妖怪，她一定是一条美女蛇，她一定会吸星大法，她怎么会令人那么痴迷？许多时候，我把脸埋在她的两个奶子中间睡着了，我闻到了女人皮肉的清香。我走路的时候，两条腿就常常打起软腿，好像站立不稳随时会被风吹倒一样。幸亏张三丰是我的好管家，张三丰一直帮我打理着生意，每天都把账拿到爱琴房里来。他就弯着腰站在门外，等着我再次把账单递出去。

王秋强喝了一大口酒，他的目光本来是抛向酒馆门外的雪地的，现在他的目光在每一个听傻了的人面前扫视着。他突然哑哑地笑了起来，他说一群傻瓜，一个个听得嘴巴张那么大。你们说我的故事是真的还是编的？有人说，编的吧，说得像真的一样。王秋强又喝了一大口酒，一拍桌子说，错了，是真的。有人就说，那怎么还没有私奔？我们是来听私奔的。王秋强又拍了一下桌子说，就要私奔了。

王秋强说，我是在那年的第二场雪降临以前，去了山东临沂的。我去那儿是因为我有一个堂兄弟在那儿做大葱大蒜的生意，他在那儿病倒了，我去接他回来。他写了一封信，说山东的窑子如何如何，你一定要来。他的信把我说动了。我出门去了山东，在那儿泡了几天的窑子，领略了腰很粗的许多北方女人的不同滋味。然后我带着那个病恹恹的堂兄弟回到了绍兴，我怀疑我这个堂兄弟是在窑子里累垮了身子才会得病的。我和他出现在王家台门门口时，那年的第二场大雪已经下了一天。我看到吴美凤站在门口，她对着我莫名其妙地笑着。我说你笑什么。吴美凤说，你后悔的日子终于到了，你的那个爱琴和张三丰一起跑了。爱琴不能走远路，我猜是张三丰背着她跑的。

我一下子就愣在了门口。那个喂我喝花雕酒的温软女人，怎么一下子不见了？吴美凤的冷笑声又响了起来，吴美凤说他们不仅仅是私奔了，他们还带走了你许多钱，张三丰把你的账本烧了。我早上醒来的时候，看到天井里有一堆灰，又看到两扇门大大地开着。我叫爱琴爱琴，爱琴没理我。我又叫张三丰张三丰，张三丰也没理我。我就知道你的报应来了，就知道你不仅丢了人还破了财。雪纷纷扬扬地落下来，我不愿意看到吴美凤幸灾乐祸的样子，我一挥手就甩给她一个耳光。我说闭嘴，就是爱琴偷走了我的东西，就是张三丰和她私奔了，她还是我喜欢的女人。你知不知道，她喂我喝花雕那一手，你一辈子也学不会的。吴美凤哭了起来，她不会大哭，她只会抽抽搭搭地低声哭。我抬眼看了看越来越大的雪，对堂兄弟说，我把你从山东带回来了，你总得派一点用场才对。现在，你去叫人，你能叫多少人叫多少人，你让他们带着火把和干粮，去堵住各个路口。然后再派一些人去那个有香榧树的山窝窝里，我知道那个地方叫钟家岭。你就说，每个人都能拿到一笔可观的工钱，每个人回来后，我炖好牛杂等着他们喝。

堂兄弟傻愣愣地站了一会儿，然后一言不发地转身跑了。我看他跑入了雪中，看他奔跑时脚步踢飞的许多碎雪。他去叫人了，这个渣子认识许多三教九流的人，他一定能调动整个镇子的闲人们的。我回到了屋里，对吴美凤说，你帮我温一壶老酒，我要喝酒了。吴美凤脸上还挂着泪痕，但是她还是去温了酒来，端到我的面前。我就坐在房间里喝着酒，我要等着从各路传来的消息。我喝酒的时候，吴美凤说，我早看出他们有一腿了，你信不信，张三丰认识爱琴，一定比你认识爱琴还要早。他没有钱把爱琴赎出来，所以才让你把爱琴赎出来的。我喝下一口酒，想了想说，相信，我相信你的话。吴美凤说，那你为什么娶了我还不够，还要娶这样一个狐狸精回来？我不耐烦了，我皱着眉头说，男人总是这样的，一样菜吃久了，他就想吃另一样菜。再说，男人喜欢漂亮女人，就算她是妖怪，男人也喜欢的。吴美凤就叹了一口气，她不再说话，她知道说什么都是没有用的。

第二天中午，大门口响起了嘈杂的声音。我走了出去，我看到我的堂兄弟在这个大雪天居然挎着袖子，像一个将领一样在吆三喝四地指挥着别人。我还看到了爱琴和张三丰，他们躺在一块门板上，紧紧地抱在一起。他们已经死了。他们是冻死的。堂兄弟走到我身边，说这对狗男女去钟家岭的路上，在山上迷路了，冻了一个晚上在路上被冻僵了，他们抱在一起，怎么扳也扳不开。我们弄了一块门板，给抬了回来。吴美凤走到我身边，说，现在你还相信爱琴吗？我望着这对尸体，我说我相信爱琴的，爱琴可能不会喜欢我，她喂我喝花雕酒也只是糊弄我，但是爱琴对张三丰一定是真心的。你看看他们死的样子就知道了。所以，我相信爱琴。

我对堂兄弟说，把爱琴和张三丰厚葬在横绷岭吧，要用上好的楠木棺材。你带人去账房那儿领辛苦钱，然后带他们去厨房喝牛杂，把胃给喝暖了。接着我就去了醉杏楼，我在醉杏楼门口见到了老鸨。这一次老鸨居然不在楼梯口，老鸨像是在等候我的到来。老鸨笑了一下，她没有擦很多的粉，令我很满意。老鸨说，我早就知道张三丰和爱琴好上了，但是我不能把事情的真相告诉你，不然他们会恨我一辈子。我说老鸨，那你就不怕人财两空的我恨你吗？老鸨说，你丢了一个女人，又会去找另一个女人的，你不会感到悲痛。而张三丰不一样，张三丰愿意为爱琴去死。你愿意吗？我想了想说，我不愿意为爱琴去死，我还得快活地活着。老鸨说，那你进去快活吧，外面多冷，屋里暖和。李师师今天没有客人，她一定能像爱琴一样，把你服侍得快快活活。我说，她服侍得再好，也只是一个假的爱琴。我没有心情了，我要回去。

回到王家台门门口的时候，我看到了做棺材的匠人，在雪地里搭起了马头架。他们穿着单薄的衣衫，开始挥动斧头。他们的身体冒着热气，像一只刚刚烧熟从锅里拿出来的热腾腾的玉米棒。我抚摸着身边堆着的一堆楠木，轻声说，爱琴，我会好好将你埋葬的。

几个女人的眼圈红了。女人总是容易红眼圈的，她们被王秋强的故事打动。王秋强很缓慢地站起了身来，他端起了碗里的酒，一仰脖子把酒倒入了黑洞洞的嘴里。然后，他开始向酒馆的门口走去。我没有抬腕看表，我知道差不多又是下午四点半了。王秋强一向腰背笔挺的，但是这次他的背明显有些驼了，走路摇摇晃

晃，像是五十多年前他从醉杏楼爱琴的房里待了三天
后，走出来时的样子。酒馆里的人开始骚动起来，酒馆
里的人也站起了身，他们陆续向外走去。我看到王秋强
回了一下头，他的脸容竟然那么苍老了，我却一点儿也
没有看出来。他破旧的声音响起来，他说，老海，我不
要你为我免去酒钱，明年春天，我一定会把酒钱还
上的。

5

客人们走了，只有寡妇春花留了下来。她静静地坐
在一张方桌旁，她居然在喝酒和吃肉。我说，你不想走
了，你大概是想晚上留在这儿吧。春花的眼波转了一
下，说，这个老头子讲的事情，让我想起了我那死鬼老
公。如果我老公不早死，我才不会那么随便地和人睡觉
呢。我没有说话，站在她的身边看着她。她的眼波又转
了一下，她说你不会是想要让我和你睡觉吧。我摇了摇
头说，我很想睡你的，你的奶子那么大，都快要撑破衣
服了。但是王秋强的那个故事，让我没有了睡你的

兴趣。

我坐在春花的面前，和她一起喝酒。我说春花你相信真有爱琴这个人吗。春花说我相信的。我说但是王秋强凭什么才能让我们相信真有爱琴这个人呢。春花说，凭直觉，我就觉得爱琴这个人在我心里活着。我说拉倒吧，还活着呢。然后我就想到了小凤，小凤跟着一个会拍照片的摄影师走了。摄影师是来大林采风的，那天小凤穿着一件花袄站在我的老海酒馆的门口，她在梳头发。结果摄影师刚好来到了大林，他给小凤拍了许多照片，说你真漂亮，你的照片估计是能上画报的。小凤就兴奋起来，说老海，我可能要上画报了，你不是老说我不漂亮吗，人家摄影师都说我漂亮的。我说你别美的你，小心他是一个人贩子，一不小心就把你给拐跑了。小凤果然被拐跑了，因为摄影师要租她当模特，带着她在大林四处拍照。拍着拍着，摄影师和她两个人都没有影儿了。

夜幕已经降临了。我关了酒馆的门，点亮了灯，仍然喝着酒。我想我一定是喝醉了，不然我看春花的时候，怎么会发现春花越来越漂亮呢？春花说，你是不是想起你的老婆小凤了？是不是伤心了？我说是的，我本来不怎么在乎小凤的，她被人拐跑了，我突然觉得她长得漂亮，而且处处都好。春花就冷笑了一声说，男人就这个德行。春花的酒量很好，我喝得差不多了，她却一点事情也没有，只是脸微微有些红。后来是春花把我扶到床上的，春花自己也上了床。春花说，我做一回爱琴好不好，我喂你喝酒。我说好的。她果然就喂了我喝酒，先自己喝下一口，又渡到我的嘴里。她说好不好喝。我说他妈的，不一样就是不一样。她说你轻点，别叫得那么响。我说怎么啦，我高兴，我就要叫得响。

我们赤条条地躺在温软的被窝里。我的脸埋在春花的两个奶子中央，闻着春花肉体的气息。我说春花，你和多少个男人睡过了？春花就扭我屁股上的肉，说你不是东西，都在你的床上了你还问这样的问题。然后春花就一把握住了我，牵着我想让我走进温暖地带。我看她的呼吸变急了，眼睛微微闭了起来。我知道这时候她的身体里一定烧着一把火。但是我不行了，我说我不行了春花我不行了。我很想睡你的，是王秋强这个老头的故事把我搞得不行了。他的故事结局太不好。春花就叹了一口气，她显然对我很不满意。我说下次吧，下次好不好。春花又叹了一口气，转过身去，很快睡着了。

马上就要过年了。我心里想着小凤，我想小凤如果到除夕那天还不回来的话，我就要和她去镇政府离婚，我不要这个水性杨花的女人了。落下的雪，融得很慢，太阳显得很无力，好像得了重感冒似的没有力气。一个冷清的晚上，我关了酒馆的门，走向了春蕾美容厅。那是镇上唯一一家美容厅，老板娘长得又粗又壮，她的名字却叫月牙儿。她嘻嘻地干笑着，她说叫我月牙儿吧，或者叫我小月。我说你这么大块头也敢叫月牙儿，那我就敢叫小星星了。月牙儿就白了我一眼，说你来按摩吗，我们这儿刚来一个小姑娘，水嫩着呢。月牙儿掀起了一块帘子，对着里面叫，爱琴，来客人了。

　　爱琴把我领到了一张床位上。我说，你叫爱琴？在那张脏兮兮的床上躺了下来。爱琴打了一个哈欠说是的，我是新来的。她的手胡乱地在我的身上按着，边按边打了好几个哈欠。我说，你困了？她说是的，昨天搞到很晚。我说，怎么说搞了？她说是按摩到很晚，客人多。我说，这个鬼地方也那么多客人呀？她说当然了，男人赚钱不容易，到这儿花钱倒大方。你干什么的？我说我开酒馆的。她不信。我说你闻闻，我身上有酒味。她吸了吸鼻子说，我闻到了猪头肉的味道，你是猪头。

我笑了起来说，你说猪头就猪头吧。

我说，我花了三个下午的时间，从一个老头那儿听来一个爱琴的故事。没想到你和她有一样的名字。然后我就简单地给她讲了王秋强讲过的故事。她听得并不认真。我讲完了，她说，那个老头是骗你的。我说，你怎么知道是骗我的？她说，哪儿那么多的爱琴啊，他是在骗你的酒钱，他叫王秋强，他是我爷爷。我说，你绍兴人？她说是的。

我的心里空落落的，总是希望她说的是假话，我情愿相信一九四八年的故事里，那个爱琴是真实地存在的。后来我就不再说话，我不愿意和这个叫爱琴的按摩女说话。再后来，她拍了一下我的背说，起来吧，时间到了。然后她打着哈欠走出了小房间。我怀疑她一天二十四小时都在打哈欠。

我找到了月牙儿。月牙儿正在和一个脖子上挂着很粗的金链的广东人说话，月牙儿大概是在听广东人讲一个黄色的笑话，两个人笑得前仰后合的。我说月牙儿，你那个叫爱琴的按摩女，按摩起来一点也不专业。月牙儿大笑起来，说我这儿的按摩女都是不专业的，主要是让客人为她们按摩。你没有按摩，是你自己吃亏。我无话可说，付了钱。大林是一个偏僻的山区小镇，大林镇的晚上是见不到人的，只能听到远远近近的狗的叫声。大雪封山的夜晚，就更加见不到人了。我踏着厚厚的积雪往我的老海酒馆走，回家的路上，我一直在想着小凤。我以为小凤是一件旧衣裳，我不再留恋了，但是结果是我对小凤还是牵肠挂肚的。马上过年了，我低低地喊起来，我说小凤，你怎么还不回来，等到除夕你还不回来，你就别进我的门。

6

王秋强又来了。王秋强显得精神多了，挺着背来到我的酒馆门口。我站在柜台里，我把手伸进了袖筒，我的目光落在远山近山的积雪上。王秋强说，你给我温一壶酒。我像没听清楚一样，仍然看着远山近山。王秋强又说了，你给我温一壶酒吧，你给我温一壶酒。我笑了起来，我说王秋强，今天没有人给你结账，因为你已经没有故事了。王秋强说，我还有故事的，要不要讲一个给你听？我说我不要听，你的故事都是骗人的。

王秋强最后还是进来了。王秋强痴迷地热爱着酒，其实我也热爱着酒。我们对酒的忠诚和依恋，如果转化成对一个女人的忠诚和依恋，一定会感动一个女人。我还是为他温了一壶酒，说确切一些，是为我们两个人温了一壶酒。我说进来吧，今天我请你喝酒。他又搓起了双手，显得很激动的样子。他说老海你是好人，你一定是好人。我说好人又不是你一个人命名的。我说这句话的时候，他已经咽下了很大的一口酒。

喝酒的时候，我总是向着酒馆门口张望着。我在等待着小凤的归来，我总是对小凤归来心存幻想。但是小凤一直没有出现，小凤没出现，让我感到无比的失望。我对王秋强说，你那个故事是骗人的，我碰到你孙女了，她的名字才叫爱琴，她在春蕾美容厅里替人按摩，她的老板娘叫月牙儿。王秋强刚喝了一口酒，他愣住了。他愣了一会儿以后说，她才是骗你的，她哪儿是我的孙女啊，她是我的外孙女。她现在不在月牙儿做了，她昨天跟一个来大林修雨伞的人私奔了。我说，真的？王秋强说，当然真的，难道我七十五岁年纪，还会骗人。

于是我去了春蕾美容厅。我对王秋强说，你先在这儿喝酒，我去美容厅里看看。我找到了老板娘月牙儿，月牙儿正和上次的那个广东佬在聊着天。月牙儿对我打断了他们的对话感到很不高兴。我说，爱琴在不在？她说不在了，其他的小姐还是有的，你要不要？我说我不要，我就要爱琴。她说哪儿去找爱琴啊，她偷偷走了，她跟着一个来大林修雨伞的人走了。我说什么时候，她说昨天。

　　我灰溜溜地回到了酒馆。王秋强仍然在喝酒，王秋强有了明显的醉意。我也想把自己灌醉，于是我也一杯接着一杯地喝酒。我想我们两个人一定是都醉了，我是看着王秋强歪歪扭扭地走出酒馆的大门的，他的破棉皮鞋就踩在积雪上，发出了咔嚓咔嚓的声音。我也醉了，头垂在桌子上，我轻声地说，爱琴，爱琴你怎么又和别人私奔了？我不知道春花是什么时候来的，反正我听见了春花的一声叹息。春花说，不会喝酒，装什么酒英雄呢。我不知道自己是怎么回答她的，反正我也就那么支吾了一下。她扶着我上床，然后她也宽衣解带上了床。我们什么也没做，是因为我喝醉了，醉得像一堆烂泥一样。但是我们还是赤条条地搂在了一起。我能感受到她皮肤的绵滑，我们相互搂着取暖，我们是两个无助的人。

　　第二天早晨，春花离开了我的酒馆。她笑了一下，她是站在酒馆门口的阳光底下笑的。她笑的样子，就像是一缕阳光一样。她说老海你是一个好人。我说为什么。她拢了拢头发，露出迷人的微笑。她说不为什么，凭直觉。她既然这样说，我就不客气地把自己当成了好人。我说谢谢你，昨天晚上没有你，我的身子整晚都暖不过来。她笑了一下，她的笑停顿了很长时间，然后她说，我想要你的，但是你一直醉着。我就说，我也想要你的，但是这好像是上天注定的，我老是醉，老是不能要到你。春花又笑了一下，后来她什么也没有说，她走上了回家的路。她像王秋强一样，把积雪踩得咔嚓咔嚓的。

　　除夕终于到了。除夕到来的时候，我准备了一个人的晚餐。王秋强在下午三点的时候，出现在酒馆门口。王秋强说，你能为我温一壶酒吗？我看了他一眼，没有说话。王秋强又说，你为我温一壶酒吧，你为我温一壶酒。我沉着脸，我什么话也没有说，我的手在切着一块牛肉，我想把它切碎了，用大蒜炒着吃。王秋强简直是绝望了，王秋强说，我没有地方过年，我想在你这儿过年。我说滚。我又说滚。我说了无数声的滚。我每说一声滚，都会用明亮锋利的刀狠狠地剁一下砧板。王秋强突然像一个小孩子一样哭了起来，他边哭边转身走了。我在数着他的步子，他的破棉皮鞋落在积雪上，咔嚓咔嚓地响了十下。我说站住，回来，我已经给你热好酒了。王秋强马上转身走向酒馆，他笑了起来。

没多久，春花也来了。春花是带着孩子来的，春花带着那个我喜欢的六岁的小女孩。春花说，不如一起过年吧。春花的手里还提着两捆炮仗，这让我想到了巨大的响声，就要在大林镇的夜空炸响。我说好的，我们一起过年，我来和你的女儿一起玩，你来准备晚饭。除夕下午五点，我们准备过一个四人的大年。

五点钟的时候，我们准时开饭了。我们蒸了腊鸡腊鸭，我们烧了糖醋里脊和西湖醋鱼，我们炒了青菜腐皮和雪菜冬笋，我们还做了西施豆腐，我们炒了大蒜蘑菇，炒了醋熘土豆丝，炸了花生米和小鱼干。菜摆了满满一桌子，我们要过一个丰盛的大年。我们在杯里倒上了酒，我的怀里，仍然抱着一个六岁的小姑娘。我们举起杯的时候，酒馆门口站了一个人。一个女人。她穿着一件鹅黄的羽绒衣，一条黑色的直筒裤和一双半高跟的皮鞋，她的头发卷曲了，她的皮肤变得很白。她就是跟着摄影师离家出走的小凤。

小凤说，我能回家过年吗？小凤的声音很轻，小凤的意思是，如果我说一声不行，她会掉头就走的。但是大年夜了，她掉转头去只能看到一堆堆的雪，她又能走到哪儿去？她的声音在雪地里跳跃了几下，跳到我的身边，钻进我的耳朵里去。我说，他不要你了吗？小凤说，是的，他不要我了。他要了一个狐狸精，男人都不是人，男人都是喜新厌旧的家伙。我说错，你也是喜新厌旧的家伙，不然的话，你为什么丢下我跟着摄影师去私奔。小凤的脸红了一下，她无言以对。我叹了一口气，我说进来吧，外面冷。小凤进来了，她看了看春花和春花六岁的孩子，似乎有些不满。但是她什么话也没有说。

我们一起吃饭，我们一起吃丰盛的年夜饭。我说，摄影师怎么突然不要你的？小凤说，摄影师一直在枫桥镇上开一家叫快又好的照相馆，几个月前他不开照相馆了，他学会了修伞，他说枫桥人的伞一坏就丢了，大林人伞坏了不会丢，会拿去修。他修伞的时候，被一只狐狸精迷住了，那个狐狸精叫爱琴，是大林镇春蕾美容厅里的按摩小姐。他们两个私奔了，现在，他们一定在去江西的路上。我听说，他们想到江西宜新承包土地。

我不再说话了，我在想象着狐狸精该是什么样子的。我想不出具体的样子，我说春花你见过狐狸精吗，春花红着脸摇了摇头。我又说王秋强你见过狐狸精吗，王秋强呷下一口酒说，见过的，狐狸精的皮毛是白的，狐狸精喜欢在雪地里行走，因为它皮毛和雪都是白的，所以一般的人看不到雪地里的狐狸精。

我认定王秋强说的是对的。我举起杯说，干杯。我一定是再一次喝多了，不然我的胸口为什么跳得厉害？不然我的太阳穴为什么跳得厉害？不然我为什么大叫大嚷着说要干杯。我举起了酒杯站起身来，我听见我清晰地说，私奔只是为了爱琴，但是爱琴是一个虚无缥缈的人，她到底是存在的，还是不存在的，我们至今都没有搞懂。不过，大年夜，我们还是干杯吧，因为，不管有没有爱琴，我们都得活下去。

我一口喝下了杯中的酒。我看到了雪地里奔走着的狐狸精，她用亮亮的眸子看了我一眼，轻轻笑了。她的笑声是这样的，叽叽叽，叽叽叽，叽叽叽……

海飞主要创作年表

· 一、中、短篇小说

2003 年：

短篇小说《俄狄浦斯的白天和夜晚》原载《时代文学》第 6 期，2004 年《小说选刊》第 1 期选载；

中篇小说《温暖的南山》载《十月》第 3 期；

短篇小说《后巷的蝉》载《天涯》第 5 期；

短篇小说《闪光的胡琴》原载《上海文学》第 12 期；获首届《上海文学》全国短篇小说大赛一等奖；

2004 年：

短篇小说《蓝印花布的眼泪》载《山花》第一期；

短篇小说《寻找花雕》原载《青年文学》第 2 期，《小说选刊》第 3 期下半月刊选载；

短篇小说《瓦窑车站上空的蜻蜓》原载《长城》第 4 期，《小说选刊》第 9 期下半月刊选载；

短篇小说《纪念》原载《青年文学》第 8 期，入选《2004 中国短篇小说经典》；

2005 年：

短篇小说《菊花刀》《棺材梅》原载《青年文学》第 7 期，列为该期封面人物；

短篇小说《干掉杜民》原载《收获》第 4 期，入选《2005 年中国短篇小说年选》《2005 年收获短篇小说年选》《2005 年短篇小说经典》；

短篇小说《鸦片》原载《广州文艺》2005 年第 4 期；获"四小名旦"青年文学奖；

2006 年：

短篇小说《胡杨的秋天》原载《当代小说》第 3 期，入选《2006 年短篇小说经典》；

中篇小说《看手相的女人》载《大家》第 3 期；

中篇小说《私奔》载《山花》第 4 期；

短篇小说《到处都是骨头》原载《人民文学》第 5 期，《中华文学选刊》2006 年第 7 期选载；

2007 年：

中篇小说《看你往哪儿跑》原载《人民文学》第 1 期，《中篇小说选刊》2007 年增刊第一辑选载；获人民文学奖·

新浪潮奖；

短篇小说《去杭州》原载《广州文艺》第 2 期，《小说选刊》第 3 期选载，入选《2007 中国年度短篇小说》；

中篇小说《医院》原载《天涯》第 5 期，《中篇小说选刊》第六期选载，入选《2007 中国短篇小说经典》；

2008 年：

短篇小说《为好人李木瓜送行》原载《江南》第 6 期，《作品与争鸣》2009 第 2 期选载；

中篇小说《像老子一样生活》原载《清明》第 4 期，《小说选刊》第 8 期、《中篇小说选刊》第 5 期、《小说月报》2008 增刊、《作品与争鸣》第 11 期、《新华文摘》第 22 期、《小说精选》第 8 期选载，入选《2008 中国年度中篇小说》《2008 中篇小说》《中国中篇小说经典（2008 年）》；

中篇小说《遍地姻缘》载《山花》第 7 期；

中篇小说《城里的月光把我照亮》载《中国作家》第 11 期；

长篇小说《花满朵》载 2008《芳草》第 5 期；

2009 年：

中篇小说《我爱北京天安门》载《广州文艺》第 2 期；有选本选用；

短篇小说《欢喜》载《鸭绿江》第 3 期；

中篇小说《在人间》载《作品》第 5 期；

短篇小说《烟囱》载《山花》第 5 期；

中篇小说《自己》载《花城》第 4 期；《中篇小说选刊》增刊第 2 期；《2009 中国短篇小说年选》；

2010 年：

中篇小说《我叫陈美丽》载《清明》第 1 期，《中篇小说选刊》选载；

中篇小说《金丝绒》载《十月》第 3 期，《作品与争鸣》《中篇小说选刊》选载；

2011 年：

中篇小说《往事纷至沓来》十月第三期，《作品与争鸣》选载 2011 第六期、《中篇小说选刊增刊第二辑》选载；

长篇小说《向延安》人民文学第七期，《江南长篇小说》《作品与争鸣》《清明增刊》选载；

2012 年：

中篇小说《捕风者》载《人民文学》第 5 期，《小说选刊》第 6 期选载，《小说月报》增刊 3 选载，《2012 中国年度中篇小说》选载；

2013 年：

中篇小说《麻雀》载《人民文学》第 9 期，《中篇小说选刊》增刊第 2 期选载；《小说月报》第 11 期选载；《小说选刊》第 10 期选载；

2014 年：

长篇小说《回家》载《作家》第 3 期；

2015 年：

短篇小说《大雁大雁，要去南方?》载《长城》第 4 期，《长江文艺·好小说》第 9 期选载；

2016 年：

中篇小说《长亭镇》载《十月》第 1 期，《小说月报》2016 年第 4 期选载，《中篇小说选刊》2016 年第 2 期选载；

中篇小说《秋风渡》载《人民文学》第 6 期，《小说月报》第 7 期选载，《小说选刊》第 7 期选载，《2016 中国年度中篇小说》选载；

中篇小说《四明镇战事》载《解放军文艺》第 7 期；

2017 年：

长篇小说《惊蛰》载《人民文学》第 1 期，《长篇小说选刊》第 5 期选载；

短篇小说《春呀和她的越国往事》载《安徽文学》第 7 期，《小说月报·大字报》第 8 期转载。

・二、长篇小说及作品集

2002年12月出版小说集《后巷的蝉》（中国文联出版社）

2004年7月出版长篇小说《花雕》（学林出版社）

2004年12月出版长篇小说《壹千寻》（中国青年出版社）

2008年12月出版中篇小说集《看你往哪儿跑》（浙江文艺出版社）

2009年5月出版小说集《一场叫纪念的雪》（江西高校出版社）

2010年8月出版小说集《青衣花旦》（光明日报出版社）

2011年1月出版小说集《像老子一样生活》（中国时代经济出版社）

2011年7月出版长篇小说《向延安》（浙江文艺出版社）

2011年8月出版长篇小说《花满朵》（重庆出版社）

2012年1月出版剧本小说《大西南剿匪记》（沈阳出版社）

2012年1月出版剧本小说《铁面歌女》（上海文化出版社）

2013年1月出版小说集《战栗与本案无关，但与任何女人有关》（浙江大学出版社）

2014年2月出版小说集《麻雀》（新世界出版社）

2014年2月出版小说集《青烟》（新世界出版社）

2014 年 3 月出版长篇小说《回家》（浙江文艺出版社）

2016 年 9 月出版长篇剧本小说《麻雀》（江苏文艺出版社）

2017 年 8 月出版长篇剧本小说《女管家》（新世界出版社）

2017 年 5 月出版长篇小说《惊蛰》（花城出版社）